Lola Renn

HIER STIRBT KEINER

FISCHER Taschenbuch

Dieses Buch wurde unterstützt durch ein Stipendium vom Förderkreis deutscher Schriftsteller in Baden-Württemberg

MIX
Papier aus verantwortungsvollen Quellen
FSC® C083411
FSC www.fsc.org

Originalausgabe

Erschienen bei FISCHER Kinder- und Jugendtaschenbuch
Frankfurt am Main, Juli 2017

Satz: Dörlemann Satz, Lemförde
Druck und Bindung: CPI books GmbH, Leck
Printed in Germany
ISBN 978-3-7335-0325-3

Für Oliver

KAPITEL 1

Von mir aus können wir die ganze Nacht durchfahren, mich zieht's nicht nach Hause. Es ist dunkel, schon nach eins, die Landstraße ist leer. Keine Ahnung, wo die Jungs hinwollen. Ich lehne den Kopf aus dem Fenster und lasse den Wind durch meine Haare wirbeln.

»Mach doch mal was an«, sagt Marek.

Chris kramt eine CD aus dem Handschuhfach. Bass und Orgel pulsen, lullen mich ein; der Sänger singt wie in Zeitlupe. Ich verstehe nur Fetzen: *White dried lipppstickkk … and a heart goes tockkk-tickkk.*

Ich stippe Chris mit dem Fuß an, er dreht sich zu mir um.

»Is'n das?«

»Music Machine.«

Ich knuffe meine Tasche zu einem Kissen zusammen, lege mich hin. Mir ist schummrig von der Wahnsinnshitze den ganzen Tag, und ich bin nicht sicher, ob sich der kandierte Apfel, die Currywurst und die Zuckerwatte in meinem Bauch vertragen. Vorne reden sie über die Rocky Mountains, über Wölfe. Sie lachen leise und ich denke, seit

wann sieht Chris so erwachsen aus? Irgendwie hab ich den Übergang verpasst.
Marek biegt in einen Feldweg und wir holpern durch den Wald, bis wir zu einem kleinen Parkplatz kommen. Wir bleiben noch sitzen, wegen der Musik, öffnen aber schon mal die Türen und hängen unsere Beine raus. Die Nachtluft zieht durchs Auto, Chris filmt in die Dunkelheit. Ich fühle mich ganz seltsam geborgen.
»Okay?«, fragt Chris, als der Song zu Ende ist.
Marek tritt seine Zigarette aus, greift den Rotwein.
»Bereit für das Wunder?«, fragt er mich.
»Welches Wunder?«
Soll hier ein UFO landen? Wohnen hier Einhörner? Ich bekomme natürlich keine Antwort. Wir laufen los, einen Weg zwischen Bäumen und Feld entlang.
»Hinter der Biegung«, sagt Marek.
Erst denke ich, wir stehen an einem Graben, aber vor uns liegt ein trockenes Flussbett, wahrscheinlich ein alter Rheinarm. Marek springt, Chris und ich schlittern hinterher. Zwischen den Steinen wächst eine Wiese.
»Links oder rechts?«, fragt Marek.
»Links«, sagt Chris.
Zum Spazierengehen ist es eindeutig zu dunkel und zu steinig, wir rempeln ständig gegeneinander. Hoffentlich ist die Feen-Grotte oder was immer wir suchen, nicht mehr weit.

Bei einem Felsen sagt Chris: »Hier ist 'ne gute Aussicht.«
Was für 'ne Aussicht?
Marek klettert rauf. Ich folge, reiche Chris die Hand. Dann hocken wir nebeneinander und gucken ins Nichts.
Und jetzt?
»Hast du was dabei?«, fragt Chris.
»Nee«, sagt Marek. »Nur den Wein.«
»Mach auf.«
Ich nippe. Bäh, sauer, den Mund kräuselt's mir zusammen. Und mein Magen meckert auch. Ich glaube, Zuckerwatte und Co. brauchen keine weitere Gesellschaft.
»Sind das Grillen?«, fragt Chris.
»M-hm«, macht Marek.
»Ganz schön laut«, sage ich.
Chris sieht mich aus den Augenwinkeln an. Ich mag sein Lächeln, immer schon. Es breitet sich ganz langsam auf seinem Gesicht aus, als wäre er erst mal skeptisch, ob's wirklich was zum Freuen gibt. Wir sitzen so dicht, dass sich unsere Arme berühren, und wenn er Marek die Flasche reicht, lehnt er sich kurz gegen mich. Fühlt sich ziemlich gut an.
Ich stelle mir vor, wir sitzen im Kino und warten auf den Film. Vielleicht klemmt der Vorhang oder der Beamer ist kaputt. Ein paar Meter vor uns wuselt was im Gras. Ein Kaninchen? Ich gähne.
»Machst du schon schlapp?«, fragt Chris.

Ich boxe ihn in die Seite.

»Hey!«

Er packt meine Hände und wir rangeln. Ich muss lachen.

»Seid doch mal leise«, mault Marek.

Chris lässt mich los, und wir setzen uns wieder ordentlich hin.

»Marek meditiert«, flüstert er mir ins Ohr.

Ich sehe meinen Bruder an. Er hat die Arme auf die Knie gelegt und schaut in die Dunkelheit. Würde mich schon interessieren, was er denkt, aber wenn er so in seiner Burg hockt, ist es sinnlos anzuklopfen.

Auf einmal bin ich ganz schrecklich traurig, dass er morgen fährt. Er geht nach Amerika, und ich stecke hier fest mit den Eltern. Keine Ahnung, wie ich die Streiterei alleine aushalten soll.

Chris geht auch, zur Filmhochschule nach München. Offiziell ist er zwar Mareks Freund, aber ich hab mich ziemlich daran gewöhnt, dass er dauernd zu Besuch ist. Die letzten Jahre war er fast jedes Wochenende bei uns, ist mit nach Kopenhagen gereist und zum Campen nach Frankreich. Wird mir wahrscheinlich auch ein bisschen fehlen.

Ich reibe meine Beine.

»Kalt?«, flüstert er.

»Bisschen.«

Einen Moment denke ich, er will den Arm um mich legen, aber er sagt nur leise: »Wenn so 'ne Hitze ist wie die letzten Tage, kann man sich nicht vorstellen, dass man je wieder friert, oder?«
»Gestern in Mathe hab ich mir ausgemalt, ich bade in 'nem Pool voller Eiswürfel.«
»Mmm.«
Er nimmt Marek die Flasche ab, trinkt einen Schluck. Marek raucht.
Was ist jetzt mit dem Wunder?, denke ich. Ich weiß, dass hier keine Außerirdischen landen werden, aber irgendwas muss Marek doch gemeint haben.
Mittlerweile ist es richtig finster, ich kann kaum noch erkennen, wo der Wald aufhört und der Himmel anfängt. Um uns rum knistert und raschelt es. Wenn ich allein wäre, würde ich bibbern vor Angst.
Marek drückt seine Zigarette aus.
»In Amerika hör ich auf«, sagt er.
Die Weinflasche wandert hin und her. Ich nehme nur kleine Schlucke, will nicht kotzen. Langsam werde ich müde.
»Magst du dich anlehnen?«, fragt Marek.
Eine Weile noch höre ich sie über Zigarettenpreise reden, und dass man in den USA auf der Straße keinen Alkohol trinken darf, dann sitze ich im Flugzeug nach New York und gucke die Sendung mit der Maus. Es geht um Zu-

ckerwatte. Mir ist schlecht. Ich will mich übergeben, aber das ist verboten, wegen der Hygiene-Vorschriften in der Fabrik.

* * *

Meine Hüfte tut weh, die Matratze ist so furchtbar hart. Und wo zum Teufel ist mein Kopfkissen? Ich will mich auf die andere Seite wälzen, aber da geht's irgendwie bergab. Hilfe. Ich kippe, zwinge meine Augen auf, blinzele.
Einen Moment muss ich überlegen, wo ich bin, dann erkenne ich das Flussbett. Ich liege auf dem Felsen, zugedeckt mit Mareks T-Shirt. Chris kauert ein paar Meter weiter am Boden, ich glaube, er filmt was im Gras. Ist Marek etwa alleine weg? Nee, er steht halbnackt am Ufer, mit der x-ten Zigarette in der Hand. Und guckt in die Richtung, in die wir schon die ganze Nacht gestiert haben. Wo der Himmel rosa ist. Warten wir etwa auf die Sonne?
Ich rutsche vom Stein. Mein linkes Bein ist eingeschlafen und ein paar Mückenstiche jucken mich, aber mein Magen und der Kirmesfraß haben Frieden geschlossen.
Ich balanciere über einen Baumstamm zu Chris. Er filmt eine zerknautschte Cola-Dose.
»Na?«, sagt er.
Ich knie mich neben ihn.
»Guck mal, hab ich gefunden.«

Er reicht mir ein violett-weiß gestreiftes Schneckenhaus. Es wiegt fast nichts.

»Schön«, sage ich.

Als ich es ihm zurückgeben will, sagt er: »Behalt's.« Einen Moment sehen wir uns in die Augen, dann schaue ich weg.

»Die Sonne kommt«, sagt er.

Marek zieht sein T-Shirt an, und wir lehnen uns gegen den Felsen, ich in der Mitte, zwischen den Jungs.

Ich hab wirklich noch nie die Sonne aufgehen sehen. Unglaublich, wie konnte das passieren? Die Wolken, das Flussbett, wir – alles ist in Rosa getunkt und leuchtet. Sogar der Stein, Wahnsinn. Als wär in jedem Ding 'ne Lampe.

Ich will auf Pause drücken.

Mann.

KAPITEL 2

Auf der Rückfahrt singen die Byrds für uns: *Eight Miles High*, immer wieder, als wollten sie uns hypnotisieren. *Eight … miles … high, and when you touch down …* Das Gitarrengenudel trägt mich davon, bin so müde, aber die Stimmen holen mich wieder zurück. *Rain grey town*, singen sie. Ich schwebe knapp unterm Autodach, bin glücklich und wehmütig und sentimental, alles gleichzeitig. Wenn ich doch nur mitkönnte nach New York …

Das Auto steht. Marek und Chris umarmen sich, hauen sich gegenseitig auf die Schultern.

»Okay«, sagt Marek leise. »Den Autoschlüssel und die Fahrzeugpapiere geb ich meiner Mutter. Kannst du dir holen.«

»Mach ich«, sagt Chris.

»Und du meldest dich, wenn's irgendwie eng wird, ja?«

»M-hm.«

»Versprochen? Du wartest nicht wieder, bis –«

»Schhh …«

Chris guckt kurz zu mir.

»Versprochen.«

Er drückt mir zum Abschied die Zehen, und als ich das nächste Mal aufwache, sind Marek und ich zu Hause.

Mam fängt uns in der Diele ab. Sie sieht ziemlich zerknittert aus.

»Sagt mal, habt ihr sie noch alle? Wo wart ihr?«

Die Byrds verstummen. Ich lasse Marek reden.

»Haben 'nen Ausflug gemacht.«

»Die ganze Nacht?«

»Wie man sieht.«

Sie dreht sich zu mir.

»Alles in Ordnung, Schätzchen?«

Ich nicke.

»Wo seid ihr denn gewesen?«

Ich sehe Marek an.

»Auf der Kirmes«, sagt er.

»Aber … die haben doch nicht bis jetzt auf. Die schließen doch irgendwann.«

Er gähnt.

»Ich geh ins Bett.«

»Das wird ein anstrengender Tag heute«, ruft sie ihm nach.

»Mein Problem«, knurrt er.

Sie versucht, mich in den Arm zu nehmen, aber ich weiche aus.

»Warum willst du mir denn nicht sagen, wo ihr wart?«

»Bin müde«, murmele ich.

»Versuch, ein bisschen zu schlafen. Um elf müssen wir los.«

Das war's mit eight miles high.

Ich lege das Schneckenhaus auf meinen Nachttisch, ziehe mein Kleid aus und krabbele in Unterwäsche ins Bett. Zähneputzen mach ich im Traum.

KAPITEL 3

Vier Stunden später sitze ich auf Mareks Bett und schaue ihm beim Packen zu. Ich bin nicht müde, habe aber einen Kloß im Hals, den kein Tee der Welt runterspülen kann.

Marek wirft ein paar T-Shirts in seinen Rucksack, stopft seine Wanderstiefel dazu, Handtücher, Badezeug, alles durcheinander, redet und hektikt rum, als hätte er zwanzig Tassen Kaffee intus. Er freut sich, dass er rauskommt, und ich will sein Ticket zerreißen, in drei Millionen fummelige Fitzelchen.

»Okay, der Große Salzsee, ja? Der besteht zu einem *Viertel* aus Salz. Man wird quasi mariniert, wenn man zu lange da drin badet, muss sich sofort abduschen am Ufer, sonst vertrocknet man. Das Wasser ist so dick oder fest oder was, dass man sich draufsetzen kann und frühstücken, mit 'nem Tablett, das fröhlich neben einem treibt.«

Er wirft Sockenbälle in den Rucksack.

»Da denkt man doch, 'ne ziemlich tote Sache, oder? Aber in dieser Lösung, in diesem *obersalzigen* Meerkonzentrat leben so spezielle Garnelen und irgendwelche abartigen

Krebse, die vertragen das. Denen macht das gar nichts aus. Krass, oder?«

Ich will nicht, dass er merkt, wie traurig ich bin. Frage: »Spürt man das schon beim Schwimmen? Dass man austrocknet? Reißt einem die Haut auf, oder was passiert da?«

»Who knows.«

»Könntest du das vielleicht ausprobieren?«, frage ich. »Mit einem Finger oder so?«

Er lacht.

»Ich riskier doch nicht 'nen Finger, bloß weil du so morbide neugierig bist!«

»Du springst also nur kurz rein und rennst dann unter die Dusche?«

Er zuckt mit den Schultern.

»Mal sehen.«

Er schnürt den Rucksack zu, hievt ihn hoch. Die Zeit ist um.

»Kannst du mich nicht mitnehmen?«, rutscht es mir raus.

Er zerwuschelt meine Haare.

»Ich schick dir Fotos«, sagt er. »Haufenweise.«

Als Marek sein Gepäck im Auto verstaut hat, und Papa und Mam darüber diskutieren, ob die Hitze den Reifen schadet, renne ich noch mal rauf und schließe sein Zimmer ab. Damit Mam nicht aufräumen oder irgendwelche

Renovierungsprojekte starten kann. Den Schlüssel lege ich in meine Nachttischschublade.

* * *

Vorhang auf fürs Müller'sche Familientheater:
»Vorsicht, der Parkautomat«, ruft Mam.
»Ich bin ja nicht blind«, sagt Papa.
Das Auto rumpelt vom Bordstein.
»Die Ampel schaffen wir nicht«, sagt Mam.
Papa gibt Gas und fährt bei Gelb rüber.
»Das war knapp«, sagt Mam.
Ich mime einen Schrei, Marek schlägt sich die Faust an die Stirn.
»Wieso nimmst du nicht die Lerchenstraße?«, fragt Mam. »Das ist doch viel kürzer.«
»Weil ich fahre, wie ich es für richtig halte«, sagt Papa.
»Aber es ist doch schon halb. Wozu machst du denn jetzt Umwege?«
Papa haut aufs Lenkrad.
»Mensch, Kati!«
»Ich mein ja nur. Ich fände es ziemlich ärgerlich, wenn Marek seinen Flug verpasst, nur weil wir falsch fahren.«
»Wir fahren richtig. In der Lerchenstraße ist eine Baustelle!«

»Sag das doch gleich.«
Papa stiert geradeaus.
Marek beugt sich zu mir und flüstert: »Komm nach, wenn's unerträglich wird.«
»Ha«, sage ich.
Als ob ich einfach so wegkönnte wie er.
Mam hat ihn wochenlang bearbeitet, dass er doch nicht einfach so drauflosreisen kann, ohne Plan und ohne jemanden zu kennen, aber er hat geschwiegen, konsequent. Ich weiß, dass er zum Grand Canyon will und ein paar Leute an der Westküste kennt, aber das geht Mam nix an. Sie würde nur für jeden Schritt tausend Ratschläge abgeben.
Nach einer Stunde Autobahn taucht der Flughafen vor uns auf. Mam redet was von *einen letzten Kaffee zusammen trinken*, aber Marek winkt ab.
»Wir müssen ja nicht übertreiben«, sagt er.
Ich umarme ihn.
»Keep in touch«, sagt er und zwickt mich in die Backe.
Ich zwicke zurück.
»Jetzt aber«, sagt er.
»Von wegen.«
»Immer einmal mehr.«
Warum wein ich denn jetzt?
»Nicht heulen«, sagt Marek, und ich wische mir die Tränen ab.

Mam knipst ein paar letzte Fotos, Papa kauft Marek eine Zeitung, und weg ist er.
Jetzt bin ich also Einzelkind.

* * *

In Rekordtempo putze ich die 3, unser schönstes Zimmer, damit ich möglichst schnell zu Theresa kann. Bett abziehen, neu machen, saugen, Papierkorb, Bad. Erledige ich mittlerweile so zackig, dass ich Kurse geben könnte: *How to be a Zimmermädchen.* Würde wahrscheinlich mehr Spaß bringen.
Als ich die Haustür öffne, werde ich fast erschlagen von der Hitze. Drei Schritte zum Fahrrad und mein T-Shirt ist nass. Ich lasse mich den Hügel Richtung Innenstadt runterrollen, aber nicht mal der Fahrtwind fühlt sich gut an.
Theresa hat den besten Sommerjob überhaupt: Sie arbeitet im Bacio, einer kleinen Eisdiele mit Klimaanlage. Ich schiebe die Tür zu und stelle mich an.
Theresa versucht gerade, eine Kugel auf eine Waffel zu setzen. Sie drückt den Griff des Löffels zusammen, immer wieder, aber der Löffel will die Kugel nicht hergeben. Sie grummelt was.
»Nimm doch das Messer«, sagt der Mann, der auf das Eis wartet.

Theresa kloppt den Löffel auf die Waffel. Es splittert.
»Na also«, sagt sie.
»Sehr schön«, sagt der Mann.
Meint er das ironisch? Sie wickelt eine Serviette um das kaputte Hörnchen und tauscht Eis gegen Euro. Dann wendet sie sich mir zu. Lächelt, wischt sich eine Haarsträhne aus dem Gesicht.
»Hallo, Süße«, sagt sie.
Diesmal geht der Löffel. Theresa dreht das Eis hin und her, damit ich es von allen Seiten sehen kann.
»Perfekt«, sagt sie. »Oder?«
»Perfekt.«
»Chefin müsste jede Minute da sein, dann können wir.«
»Keine Eile.«
Ich setze mich auf die Fensterbank und gucke, wie sich die Leute die Straße langquälen. Ein kleines Kind hat mitten auf der Kreuzung einen Schreianfall. Bilde ich mir das ein, oder bewegen sich sogar die Autos langsamer als sonst?
»Okay?«, fragt Theresa neben mir.
»Wir könnten doch auch hierbleiben.«
»Nee, ich will nach Hause.«
Theresa wohnt im dritten Stock eines alten Mietshauses, Fahrstuhl gibt es keinen. Wir schleppen uns hoch und streifen unsere Flip-Flops ab. Als ich die Füße auf den Steinboden setze, kriege ich fast einen Schlag, so kalt ist der. Tut das gut.

»Ich dusch kurz«, sagt sie und zieht sich das T-Shirt über den Kopf.

Die Jalousien sind fast unten, die Wohnung ist dämmrig. Ich gehe in die Küche und nehme eine Buttermilch aus dem Kühlschrank. Wahrscheinlich sollte ich auch was essen, mir ist schon ein bisschen wolkig im Kopf, aber ich hab einfach keinen Appetit bei der Hitze.

Ich setze mich auf den Boden, den Rücken gegen den Geschirrspüler, und nuckele am Becher. Unterm Tisch schläft eine Herde Staublämmer. Ich lasse mich zur Seite kippen, strecke mich auf den Kacheln aus. Ganzkörperkühlung.

Von hier unten sieht es aus, als würde die Lampe – so eine Kugel aus Aluschnipseln – in der Luft schweben. *Spacig*, sagt Marek in meinem Kopf, und plötzlich ist mir total zum Heulen.

Der Sonnenaufgang im Flussgraben ist Jahre her, Jahrzehnte. Dass die Welt ein Wunder war, auch. Ich bin völlig allein, das letzte Lebewesen auf der Erde – sogar die Regenwürmer sind ausgestorben. Das letzte Wasser ist verdunstet, jetzt kommt nur noch Sand.

»Alles klar bei dir?«

Theresa lehnt im Türrahmen.

Ich nicke. Sinnlos, das Wüstengefühl erklären zu wollen.

»Komm, wir gucken 'nen Film«, sagt sie. »Ich hab ein paar

Sachen aus der Bücherei. Zwei Liebesfilme, einen Thriller …«

»Bin zu platt.«

»Willst du hier liegen bleiben, oder was?«

»M-hm.«

Sie kommt zu mir, kniet sich neben mich.

»Magst du ein Stück Himbeertorte?«

»Nee, danke.«

»Du hast noch nie Kuchen ausgeschlagen. Bist du krank?«

»Nur müde.«

Sie betrachtet mich einen Moment, dann sagt sie: »Wo möchten Sie denn gekitzelt werden, Fräulein Müller? An den Füßen? Am Bauch?«

Ich lache, schiebe ihre Hände weg.

»Sie können auch freiwillig aufstehen.«

»Okay, okay.«

»Und keine Fisimatenten, bitte.«

»Bin ganz brav.«

Ich ächze wie ein altes Mütterchen.

Theresas Bett ist ein echter amerikanischer Straßenkreuzer mit Heckflossen und aufklappbarem Dach. Kein Cadillac, aber so ähnlich. Buick heißt das Ding. Theresa und ihr Stiefvater haben es auf der Straße zerlegt, die Einzelteile hochgetragen und in der Wohnung wieder zusammengebaut, ohne die Sitze. In den Innenraum haben sie einen Lattenrost gelegt und eine Matratze.

Ich lasse mich in die Decken fallen, Theresa fährt den Laptop hoch. Erst denke ich, auf der Hutablage liegen Bonbons, aber dann seh ich dass das lauter bunte Kondome sind.

»Hast du keine Angst, dass deine Mutter die findet? Oder Frank?«

»Sollen doch froh sein.«

Sie drückt mir einen Stapel DVDs in die Hand, aber ich bin noch bei den Gummis.

»Hab ich was verpasst?«, frage ich.

»Wie meinst du?«

»Na, brauchst du die?«

»Klar. Man soll doch vorbereitet sein.«

»Also noch nicht.«

Theresa verdreht die Augen.

»Nein, Annika, noch nicht!«

Ich betaste eins der Päckchen.

»Ihh.«

Fühlt sich glitschig an.

Theresa zieht eine der DVDs aus dem Stapel, steckt sie in den Computer.

»Du bist echt ein Baby«, sagt sie.

»Ich dachte, wir suchen zusammen aus.«

»Zu spät.«

Sie lehnt sich in die Kissen, verschränkt die Arme vor der Brust. Der Film fängt an. Ein roter Tropfen fällt auf eine graue Fläche, kullert runter, auf was Pinkes. *Deep End* wird eingeblendet, und ein Typ singt *I might die tonight.*

»Ist das der Thriller?«, frage ich vorsichtig.

Als Antwort bekomme ich einen genervten Blick. Wüstensand weht mir um die Ohren.

Wenn wir vor einem Jahr eine Packung Kondome in die Finger bekommen hätten, hätten wir zusammen darüber gelacht, wie eklig die Dinger sind. Wir hätten eins ausgepackt und beide »Ihh!« gerufen, jede Wette.

Ich versuche, mich auf den Film zu konzentrieren, aber ich muss immer wieder zu Theresa gucken. Ich kann nicht zwei Stunden neben jemandem sitzen, der mich doof findet.

Ich mache »Miau.«

Theresa sieht mich an. Hebt die Augenbrauen, als wollte sie sagen *Sonst geht's gut?* Als ich noch mal maunze, muss sie lachen.

»Halt's Maul, Katze«, sagt sie und krault meinen Nacken.

KAPITEL 4

Am Donnerstag kühlt es ein winziges bisschen ab und prompt müssen wir dreimal um die Schule rennen. Ich sitze die zweite Runde hinter der Turnhalle aus, aber mein Puls braucht trotzdem eine Ewigkeit, um wieder runterzukommen.

Englisch verschlafe ich, Chemie ist Nebel. Dann kriegen wir Mathe zurück und alle wachen auf. Frau Benjamin geht durch die Reihen, verteilt Arbeiten und Kommentare.

»Und da zweifelt noch einer, ob das Internet dumm macht ... 100 % falsche Antworten, konsequent, Jens! ... Ich hab eine Lupe gebraucht, um diese Bonsai-Zahlen zu entziffern, Max! ... Kreativ!«

Das *Kreativ* geht an meine Banknachbarin Molly. Ich linse rüber und sehe eine 4 auf ihrer Arbeit.

»Sauklaue«, sagt die Benjamin zu mir.

Ich hab eine 2. Schriftlich bin ich ziemlich gut, ich kriege nur immer wieder schlechte Noten für Mitarbeit, weil Frau Benjamin mich so nervös macht.

Molly putzt sich mit einer zerfledderten Serviette die Nase.

Ich krame ein frisches Taschentuch aus meiner Mappe und lege es ihr hin.
»Danke«, flüstert sie.
»Und, zu guter Letzt, der sparsame Herr Wagner. Auch nicht gerade nobelpreisverdächtig.«
Die Benjamin ist durch. Sie geht nach vorne, setzt sich mit einer Arschbacke aufs Lehrerpult und sagt: »Wer heulen will, geht bitte raus, alle anderen: Seite 48 oben.« Natürlich rührt sich keiner. Wir blättern in unseren Büchern und versuchen, nicht aufzufallen. Hinter mir schnieft jemand.
Sieben Wochen noch, dann sind Ferien.

* * *

Der Garten ist Papas Ding. Er baut Rosen an und Ranunkeln und alte, vergessene Birnensorten. Mein Job sind die Blattläuse. Ich wasche sie ab und hetze ihnen Marienchenkäfer auf den Hals. Ich hab mal so lange Blattläuse von den Rosen gesammelt, dass ich sie noch mit geschlossenen Augen hab kräuchen sehen. Brrr. Vor meiner Nase taumeln drei hintereinander einen Zweig rauf, als wären sie betrunken. Ich halte ein Schüsselchen Seifenwasser unter sie und tippe den Zweig an. Sie purzeln.
»Kannst du mal kommen?«, fragt Papa.
Zusammen hieven wir die Töpfe mit der Katzenminze auf

die andere Seite der Terrasse. Der Schweiß läuft mir in die Augen und kitzelt meinen Rücken runter. Es juckt.
Wenn Marek hier wäre, würden wir heute bestimmt zum Baggersee fahren. Wir würden stundenlang auf der kinderfreien Seite im Schatten liegen und lesen. Ich stelle mir vor, wie ich ins milchig blaue Wasser wate. Als es meinen Bauch erreicht, tauche ich ein.
Naja, und in echt hole ich Schaufel und Besen und kehre. Es staubt. Zwei Bienen summen heran, kreisen da, wo die Minze bis eben stand.
»Papa? Guck mal, die Bienen.«
»Die sind verwirrt.«
»Können die die Töpfe nicht sehen? Das sind doch höchstens fünf Meter.«
»Ja, komisch.«
Die Bienen untersuchen die Luft am alten Platz der Minze.
Ich fächele ein bisschen in die richtige Richtung, sage: »Hier drüben.«
»Die haben eine Karte bekommen von ihren Kollegen, wo sie hinfliegen sollen«, sagt Papa.
»Und die ist so genau, dass sie nicht fünf Meter weiter gucken?«
»Scheint so.«
Mein Vater wäre gern Biologe geworden. Er hatte schon einen Studienplatz ergattert, in Hamburg, aber dann ist

seine Mutter von einem Bus angefahren worden und sein Vater hatte einen Hirnschlag, alles im selben Sommer. Da hat Papa das Studium sausen lassen und hier eine Ausbildung zum Verwaltungsheinz angefangen, weil er sich um seine Eltern kümmern wollte.

Ich glaube, er findet den Job im Einwohnermeldeamt ganz okay, aber eigentlich interessieren ihn andere Sachen. Als ich klein war, hat er mir gezeigt, wie Ameisen Blattläuse beklopfen, um ihnen den Pflanzensaft abzulocken. Wir haben Salatraupen gefangen und gefüttert, bis sie sich verpuppt haben. Und wir haben jeden Tag Fotos gemacht, von allen Stadien der Schmetterlingsgeburt.

»Annika?«, ruft Mam aus dem Haus. »Telefon für dich.«

Ich lasse die Schaufel fallen und sprinte in die Diele.

»Hier ist Chris.«

Oh. Hat er Mareks Handynummer verloren?

»Warte«, sage ich.

Ich renne rauf in mein Zimmer und schließe die Tür.

»Hallo!«

»Na?«, fragt er. »Wie geht's?«

»Gut. Und dir?«

Er lacht.

»Auch. Ich wollte fragen, ob wir uns vielleicht mal treffen wollen.«

»Ähm.«

Damit hab ich nicht gerechnet. Einen Moment ist Schweigen am anderen Ende der Leitung, dann sagt er: »Ich stecke fest mit meinem Film. Dachte, du könntest mir vielleicht helfen.«

»Wie denn?«

»Naja, ich hab den ersten Schnitt gemacht. Du könntest mir sagen, wo's hakt.«

»Du weißt schon, dass ich da nix von verstehe, oder?«

»Ich will nur wissen, wie du's findest.«

»Ach so.«

Ich sehe uns nebeneinander auf dem Sofa sitzen, den Film an der Wand. Könnte mir gefallen.

»Ist das ein *Ja*?«, fragt Chris.

»M-hm.«

»Passt dir Samstagabend, so um acht?«

»Ja.«

»Ich hol dich ab.«

»Nee, ich nehm das Fahrrad.«

»Du weißt noch, wo?«

Ich male groß CHRIS in meinen Kalender. Das C in Rot, das H in Hellblau, das R in Dunkelgrün, das I in Rosa und das S in Orange. Dann denke ich, ich bin doch keine verknallte Siebtklässlerin, und kritzele das Kunstwerk mit Kuli weg. Unter die Kuliwolke schreibe ich klein und unauffällig *Chris, 20:00*. Ein Termin wie jeder andere.

* * *

Die erste Mail von Marek. Wurde auch langsam Zeit.

Hallo Schwesterherz,
hab im Flugzeug einen Typ getroffen, der am Strand von New York surft. SURFT! Wohne in seiner WG. Lerne surfen.
So long.
Marek

Das ist ja mal informativ. Ich hätte schon gern gewusst, wo er wohnt, wie er die Stadt findet, wie die Leute in der WG sind. Und eine Frage, wie's mir geht, hätte ich auch nett gefunden. Aber vielleicht hat er Jetlag und schreibt später mehr.

Ich antworte, dass Mam drei neue Fotos von ihm aufgehängt hat an der *Wand der Eitelkeit* (so nennt Papa den Meter zwischen Wohnzimmertür und Bücherregal, auf dem mehr als fünfzig Familienfotos hängen. Mams Ausdruck dafür ist *unser Tableau*) und ich erzähle ihm den Traum, den ich letzte Nacht hatte, von einer Antilope, die in unserem Kühlschrank wohnt. Dann weiß ich erst mal nicht weiter. Hier passiert so wenig.

Ich frage, ob er wusste, dass der Tür-Zu-Knopf in Fahrstühlen angeblich nur eine Attrappe ist, die einem das Gefühl geben soll, man könnte den Fahrstuhl kontrollieren. Ich schreibe von einem Geschmackstest, bei dem Weinexperten Rotwein nicht von Weißwein unterscheiden konnten, und dass Elefantenkühe 22 Monate schwanger sind. So ziemlich das Einzige, was ich nicht schreibe, ist, dass ich mich mit Chris treffe. Irgendwie glaube ich, er fände das albern. Vielleicht wäre er sogar sauer, keine Ahnung.

KAPITEL 5

Samstagsfrühstück. Ich rühre in meinem Kakao, schlafe noch.
»Wir haben eine Maus«, sagt Mam.
»Oh, nein«, sagt Papa.
»Sie hat gestern Nacht auf dem Regal über der Spüle gesessen. Als sie mich gesehen hat, ist sie runtergesprungen und im Toaster gelandet.«
Ich untersuche meinen Toast. Sieht ganz normal aus, keine angekokelten Härchen oder Köttel.
Mam beugt sich zu mir.
»So klein war sie«, sagt sie und zeigt auf die Limette im Obstkorb.
»Warum hast du nichts gesagt?«, fragt Papa.
»Weil du schon geschlafen hast.«
»Du hättest mich wecken müssen!«
Nicht schon wieder Streit, bitte.
»Hast du versucht, die Maus zu fangen?«, frage ich.
Mam schüttelt den Kopf.
»Sie ist aus dem Toaster gekrabbelt und hinterm Küchenschrank verschwunden.«

»Schlecht«, sagt Papa.
»Sie war zu schnell! Du hättest sie auch nicht gekriegt.«
»Hab ich dir einen Vorwurf gemacht?«
»Den Eindruck hatte ich, ja.«
Papa stochert im Marmeladenglas.
»Du hörst auch Flöhe husten«, sagt er. Mam holt Luft.»Was soll das denn heißen?«
»Nichts, vergiss es.«
»Du meinst, ich bilde mir alles Mögliche nur ein?«
»Ich hab dir keinen Vorwurf gemacht. Lass uns in Ruhe essen, ja?«
»Gerne. Sobald ich weiß, was das mit den Flöhen war.«
»Mam«, sage ich.
Mein Magen sticht. Wenn Marek hier wäre, würde ich ein Parallelgespräch mit ihm anfangen. Aber ... er ist nicht hier. Vielleicht kann ich diese Mausesache irgendwie umleiten.
»Ich kaufe morgen Fallen«, sagt Papa.
»So Dinger, die die Maus erschlagen, wenn sie an den Käse will?«, frage ich.
Er nickt.
»Ist immer noch besser als Gift. Mit Gift krepieren sie ganz elendig.«
»Was war das mit den Flöhen?«, fragt Mam wieder.
»Ich wollte damit sagen, dass man auch zu viel reinlesen kann in Sachen, die der andere von sich gibt.«

»Du meinst, ich.«

»Ja, du.«

»Aha.«

Am liebsten würde ich schreien. Stattdessen frage ich: »Was ist denn so schlimm an Mäusen? Macht doch nix, wenn sie ein bisschen Brot fressen.«

»Die pieseln überall hin«, sagt Papa. »Sind quasi inkontinent.«

»Inwas?«

»Inkontinent. Wie alte Leute, die Windeln brauchen. Ist ein hygienisches Problem.«

»Du meinst, die Maus hat vielleicht in den Toaster gepinkelt?«

»Gut möglich.«

Ich lege mein Brot zurück auf den Teller.

»Wir kriegen einen Riesenärger, wenn ein Gast das Viech sieht«, sagt Papa.

»Glaubst du, ich weiß das nicht?«, fragt Mam.

Papa schweigt. Er nimmt mein Brot und sieht es sich an.

»Ich mach nachher den Toaster sauber. Und Montag kommt die Maus weg.«

Die Rezeptionsklingel läutet.

»Kannst du?«, fragt mich Mam.

Eine Dame mit Betonfrisur wartet im Büro. Frau Claassen oder so. Sie sieht ärgerlich aus.

»Wir haben nur eine Seife«, sagt sie. »Bring uns bitte eine zweite.«
Bevor ich antworten kann, geht sie an mir vorbei aus der Tür.
Noch was, was ich an dem Job nicht leiden kann – nörgelige Leute bedienen. Ich schließe den Wäscheschrank auf, nehme eine Miniseife aus dem Korb, und laufe zu Zimmer 3.
Als ich Frau Claassen die Seife geben will, tritt sie einen Schritt zurück und zeigt zum Bad. Meint wohl, sie ist hier im Ritz. Herr Claassen sieht von seinem Buch auf.
»Guten Morgen«, sagt er und lächelt.
»Guten Morgen«, sage ich.
Ich gehe ins Bad und lege die Seife auf ein gefaltetes Handtuch.
»Wie alt bist du?«, fragt Frau Claassen.
Sie lehnt in der Tür, versperrt mir den Rückweg.
»Fünfzehn«, sage ich.
»Unsere Nichte ist fünfzehn«, ruft Herr Claassen. »Sie ist der Hockey-Star ihrer Schule.«
Ich lächle. Kann ich jetzt gehen?
»Unser Neffe ist in Oxford«, sagt Frau Claassen. »Am Ende des Trimesters geht er für ein Jahr nach Harvard.«
Aha.
»Harvard wollte eigentlich erst seinen Abschluss abwarten, aber Oxford hat gesagt, *das ist unser bester Junge, in*

einem Monat hat er fünf andere Angebote und da haben sie ihm ein Stipendium gegeben.«

Geht mich das irgendwas an?

»Wie lange betreibt ihr schon diese Pension?«, ruft Herr Claassen.

»Seit acht Jahren. Wir haben sie übernommen, als meine Oma gestorben ist.«

»Vor acht Jahren waren wir in Kenia«, sagt Frau Claassen. »Safari.«

»The Big Five«, sagt Herr Claassen neben ihr.

Jetzt stehen sie zu zweit im Türrahmen und sehen mich an. Mir wird's langsam ungemütlich zwischen ihren Schminksachen und Morgenmänteln. Die wollen mir doch nichts?

»Weißt du, was die Big Five sind?«, fragt sie.

»Ähm –«

»Elefant, Löwe, Nashorn, Giraffe, Nilpferd«, sagt er.

»Fantastisch«, sagt sie.

Die haben zu Hause bestimmt die Köpfe der Big Five an der Wand hängen.

»Alles hat ein Bewusstsein«, sagt er. »Materie hat ein sehr niedriges Bewusstsein, Pflanzen haben etwas mehr, Tiere noch mehr.« Er stapelt seine Hände in die Luft. »Und wir Menschen haben ein noch höheres Bewusstsein. Manche sind eher hier –« seine Hand sackt wieder runter. »Andere hier.« Er hält die Hand in Höhe seiner Augen. »Meine

Frau und ich üben jeden Tag, unser Bewusstsein zu erhöhen. Wenn man lange genug schaut, nichts findet, schaut, nichts findet, macht es irgendwann *buff*«, er mimt eine Explosion seines Kopfes, »und das Bewusstsein erhöht sich. Wenn man sich trainiert, kann man mit dem Bewusstsein überallhin.«

»Nirvana«, sagt Frau Claassen trocken. »Ein großartiges Gefühl.«

»'tschuldigung«, sage ich. »Ich muss meiner Mutter helfen.«

Herr Claassen lächelt und gibt die Tür frei.

Scheiße, was war das denn?

Papa hat sich in sein Arbeitszimmer zurückgezogen, die Tür ist zu. In der Küche steht das Frühstück verlassen auf dem Tisch. Ich wette, die Eier sind mittlerweile kalt. Mam kniet auf dem Boden und versucht, eine große, leere Plastikflasche zwischen zwei Bücherstapeln einzukeilen.

»Was wird das?«, frage ich.

»Ich baue eine Falle für die Maus.«

Sie klingt, als hätte sie geweint.

»Eine, wo sie nicht drin umkommt?«

»M-hm. Gib mir mal ein Stück Toastbrot.«

Eigentlich hab ich keine Lust, ihr zu helfen, weil sie an dem kaputten Frühstück schuld ist – sie hätte die Flöhe einfach husten lassen sollen. Aber die Maus soll überleben. Ich reiße eine Scheibe Toast auseinander, Mam wirft das Brot in die Flasche.

»Jetzt müssen wir nur noch überlegen, wie sie reinkommen soll«, sagt sie.

»Über eine Rampe vielleicht?«

Ich krame eine Cornflakes-Packung aus dem Altpapier und schneide und falte, bis ich eine kleine Bahn mit Geländer habe. Mam hilft mit Tesa. Das eine Ende der Bahn kleben wir an die Flaschenöffnung, das andere auf den Bücherstapel, den sie wie eine Treppe arrangiert hat.

»Glaubst du, das funktioniert?«, frage ich.

Mam zuckt mit den Schultern.

»Wir werden sehen.«

Sie schaut sich unsere Konstruktion an.

»Weißt du, wann ich hier das letzte Mal eine Maus gesehen habe?«, fragt sie.

»Wann?«

»Als ich siebzehn war. Ich hab ein Nest gefunden mit vier Mausebabys, in der Vorratskammer. Die hatten noch die Augen zu. Omi hat sie irgendwie *versorgt*, das fand ich ganz schlimm.«

»Wie *versorgt*?«

»Sie hat sie umgebracht.«

»Oh Gott. Und die Eltern-Mäuse?«

»Die hat sie in einer Milchtüte gefangen und in den Schnee gestellt. Zum Erfrieren. Ich hab das erst mitbekommen, als es zu spät war. Es war minus 20 Grad, kurz nach Weihnachten, einen Tag bevor ich zum ersten Mal mit einem Jungen geschlafen habe.«

Ich verschlucke mich an meiner Spucke, muss husten. Mam redet einfach weiter.

»Ich frage mich seit Jahren, ob da vielleicht ein Zusammenhang war. Ob ich Omi bestrafen wollte. Oder ob ich mich schuldig gefühlt habe und selbst Schmerz fühlen wollte …«

Hilfe. Definitiv too much information. Ich stehe auf, gieße mir ein Glas Limonade ein. Mam lehnt sich an den Tresen.

»Und dann hatte ich richtig Pech, und der Junge …«

»Mam!«

»Was?«

»Ist gut jetzt.«

»Ich finde, das ist eine wichtige Geschichte.«

Soll heißen, eine, aus der ich lernen kann.

Sorry, kein Interesse.

* * *

Könnte eine ziemlich seltsame Angelegenheit werden, dieser Besuch. Ich habe Chris noch nie ohne Marek gesehen, womöglich wissen wir gar nicht, was wir miteinander reden sollen. Bevor ich die Klingel drücke, stehe ich ein paar

Minuten vor der Haustür rum, weil mein Puls so rennt. Bin zu schnell gefahren. Oder so.

Chris ist barfuß, seine Haare sind nass. Ich rieche Shampoo. Wir geben uns die Hand und weil das so albern ist, lachen wir.

Im Wohnzimmer ist alles noch, wie ich's in Erinnerung hatte: weiße Ledersofas, Glastische, ein Riesenregal, in dem die Bücher nach Farben sortiert sind, sehr ordentlich. Ich weiß nicht, wann ich das letzte Mal hier war, ist mindestens drei Jahre her. Wir haben Pizza gegessen und uns beim Monopoly gestritten, weil Marek und Chris dauernd neue Regeln erfunden haben.

Chris öffnet die Tür zu seinem Zimmer.

Ha.

»Was?«, fragt er.

»Guter Kontrast.«

Hier sieht's aus wie in einer Opiumhöhle. Oder wie ich mir 'ne Opiumhöhle vorstelle. Die Wände sind mit Tüchern verhängt, auf dem Teppich liegen Kissen und dreckiges Geschirr und neben der Anlage steht eine Wasserpfeife. Das Bett ist schmaler als meins. Ob er hier mit seiner Freundin …? Ich glaube, ich werde rot.

»Magst du was trinken?«, fragt er.

»Hast du Cola?«

»Kommt sofort.«

Weil ich nicht weiß, wo ich mich hinsetzen soll, gehe ich

ans Fenster. In der Wohnung direkt gegenüber läuft ein dicker Typ in Unterhose auf und ab. Überlegt der, was er anziehen soll? Nee. Er hockt sich im Schneidersitz auf den Boden und lässt sich vorneüber hängen. Könnte Yoga sein. Oder er spinnt.

»Bewunderst du die Aussicht?«

»M-hm.«

Chris reicht mir die Cola.

»Der Typ in der Unterhose ist Komponist. Der tigert den ganzen Tag auf und ab, und wenn ihm was einfällt, geht er zum Klavier und schreibt es auf. Der verlässt nur ungefähr jeden dritten Tag das Haus.«

»Aha. Und die Katze auf dem Balkon da, wem gehört die?«

»'ner Familie mit Zwillingen. Die Mädels haben so eine Lesebank am Fenster – da drüben. Wenn sie lesen, immer schön zu zweit, schmieren sie ihre Popel in die Gardinen.«

»Lecker. Kennen die dich auch so gut?«

Chris schüttelt den Kopf.

»Sicher?«, frage ich.

»Es gibt da einen ganz simplen Trick.«

»Nämlich?«

Er greift an mir vorbei zum Vorhang und zieht ihn zu. Und grinst mich dabei aus dem Augenwinkel an, wie neulich im Flussgraben. Plötzlich bummert mir das Herz im Hals.

»Der Film«, sage ich.

»Richtig.«

Wir setzen uns an den Schreibtisch, und Chris macht seinen Computer an.

»Wie gesagt, ist noch nicht fertig.«

Das Intro mit dem pulsenden Bass und der Orgel erkenne ich sofort, der Song lief im Auto. Bis auf einen rotglühenden Punkt ist der Bildschirm dunkel. Keine Ahnung, was das ist, für eine Lampe sind die Ränder zu unregelmäßig.

Als das Schlagzeug einsetzt, wird es ein klein bisschen heller und ich erkenne eine Zigarette, die im Aschenbecher vor sich hin glimmt. Superschön. Der Rauch färbt das Bild orange. Die Kamera schwenkt, es ist einen Moment unscharf, dann filmt sie aus dem Autofenster in die Dunkelheit. Undeutlich sehe ich Bäume und Büsche vorbeifliegen und dahinter den Himmel mit einem Strich Licht am Horizont. Der Sänger fängt an zu singen, ich verstehe wieder nur *white dried lipstickkk.*

Chris hat Bilder aus dem Auto und vom Flussbett zusammengeschnitten, alles so dunkel, dass die Ränder der Dinge verschwimmen und ich immer einen Moment brauche, um zu verstehen, was ich sehe. Das letzte Bild ist wieder die Zigarette.

Er macht aus und greift nach seiner Bierflasche. Soll ich was sagen? Oder lieber warten? Er nimmt einen Schluck, knibbelt am Etikett rum. Ich räuspere mich.

»Gefällt mir«, sage ich.

»Ja?«

»M-hm. Ich glaub, ich hab nix verstanden, aber –«

»Da gibt's nix zu verstehen.«

Chris malt mit dem Finger Kreise auf die Tischplatte, sagt: »Ich war mir nicht sicher, ob das geht, die Bilder so langsam schneiden, obwohl der Beat so viel schneller ist.«

»Ich fand die Stimmung genau richtig.«

»Echt?«

»M-hm. Genau so hat es sich angefühlt, als das Lied lief.«

Er sieht mich überrascht an, lächelt.

»Danke!«

»Aber bitte doch. Ist nur die Wahrheit.«

Er lacht. Bilde ich mir ein, dass er rot wird?

»Ähm, hast du Hunger?«, fragt er.

Die Küche ist lang und schmal und blitzeblank. Entweder putzt hier jemand gerne oder sie haben eine Hilfe.

Chris guckt in den Kühlschrank.

»Ist noch Tiramisu da. Magst du das?«

»Gibt es Leute, die kein Tiramisu mögen?«

»Es gibt alles, jede Perversität, die man sich ausdenken kann.«

Ich lache.

»Und?«, fragt er, als ich den ersten Löffel im Mund habe.

»Kann man essen.«

»Du musst nicht.«
»Och, geht schon.«
»Du opferst dich?«
»M-hm.«
Wir löffeln.
»Jetzt aber nicht gierig werden!«, sagt er.
»Ach, und du?«
»Das ist was ganz anderes, ich bin ja viel größer. Ich brauche mehr.«
»Vielleicht will ich ja noch wachsen.«
»Überleg dir das noch mal.«
»Du meinst, bis du den Rest hier aufhast?«
Er grinst. Ich schaue, wie er den letzten Löffel nimmt.
»Augen zu«, sagt er.
Ich bin misstrauisch.
»Mach schon.«
Ich kneife erst ein Auge zu, dann das zweite. Wenn er jetzt was Blödes macht –
Ich rieche Tiramisu.
»Mund auf.«
Ich mache Mund und Augen auf.
»Du traust mir nicht.«
»Nee.«
Chris gibt mir den Löffel und sieht mir dabei zu, wie ich ihn ablecke. Meine Backen werden heiß. Ich will was Schlaues sagen, ablenken, da höre ich, wie die Wohnungs-

tür aufgeschlossen wird. Chris schaut hoch. Gelächter im Flur.

»Oh, wir haben Besuch«, höre ich seine Mutter. »Da, die Ballerinas.«

Chris schnappt die leere Auflaufform und verstaut sie im Geschirrspüler. Ich werfe unsere Löffel in den Besteckkorb. Haben wir was Verbotenes gemacht?

»Hallo zusammen«, sagt Herr Böttcher hinter mir.

Er streckt mir seine Hand entgegen. Auf einmal ist die Küche zu klein.

»Papa, das ist Annika, Mareks Schwester«, sagt Chris. »Annika, mein Vater.«

»Tag«, sage ich.

»Haben wir uns schon mal gesehen?«

Ich schüttele den Kopf.

»Hallo Annika«, sagt Frau Böttcher in der Tür. »Meine Güte, bist du groß geworden!«

Sie löst eine Klammer auf ihrem Kopf und schüttelt ihre Haare aus.

»Ich brauch einen Schluck Wasser«, sagt sie. »Bin völlig ausgetrocknet.«

Herr Böttcher lässt ein Glas mit Leitungswasser volllaufen und gibt es mir.

»Könntest du so freundlich sein?«

Er nickt in Richtung seiner Frau und ich reiche das Glas weiter. Ist mir eindeutig zu eng hier.

»Danke«, sagt Frau Böttcher. »Noch ein bisschen Zitrone …«
Sie macht den Kühlschrank auf, guckt und sagt: »Wo ist denn das Tiramisu?«
»Haben wir gegessen«, sagt Chris.
Frau Böttcher blinzelt ihn an. »Aber da hab ich mich den ganzen Tag drauf gefreut.«
»Sorry.«
Sie stemmt die Hände in die Hüften. »Was andere wollen, ist dir mal wieder völlig egal, oder?«
»Konnte ja nicht wissen, dass du so wild drauf warst. Schreib halt das nächste Mal *nur für Gitte* drauf.«
Herr Böttcher mischt sich ein: »Ich hätte vielleicht auch noch was davon gewollt.«
Frau Böttcher nickt. »Du denkst nie an andere.«
Chris ist blass geworden. Ich weiß nicht, wo ich hingucken soll.
»Dieser junge Mann hat noch eine Menge zu lernen«, sagt Herr Böttcher, zu wem?
Chris greift meine Hand und zieht mich an seiner Mutter vorbei aus der Küche.
»Okay, wenn du jetzt gehst?«, fragt er im Flur.
Wir schlüpfen in unsere Schuhe und laufen die Treppe runter. Ich schließe mein Rad auf.
Chris sieht ziemlich geplättet aus.
»Danke, dass du mir den Film gezeigt hast«, sage ich.

»M-hm.«

»Bis denn.«

Er hebt die Hand.

An der Kreuzung drehe ich mich noch mal um und sehe, wie er gegen die Hauswand tritt. Einmal, zwei, drei, immer mit voller Wucht. Dann kauert er sich auf den Boden, ich glaube er hält seinen Fuß. Ich überlege, ob ich zurückfahren soll, aber das wäre ihm sicher unangenehm. Ein blödes Gefühl hab ich trotzdem.

KAPITEL 6

Gott, ist mir heiß, ich *klebe* am Bettzeug. Ich kicke das Laken weg, lüpfe den Vorhang. Immer noch keine Wolken in Sicht.

Seit dem Nachtausflug ist der Wecker in meinem Kopf durcheinander. Ich wache nicht um sieben auf, sondern um fünf. Und kann dann meistens nicht mehr einschlafen. Ich grübele darüber nach, warum Marek nicht schreibt, ob es ihm gutgeht, ob er an mich denkt. Manchmal kommt das Wüstengefühl, das ich nach seiner Abreise hatte. Dann bin ich allein mit dem Sand und den Steinen, so wie jetzt. Ich schaue in den Sternenhimmel, den Theresa und ich an die Decke gemalt haben, als wir frisch auf dem Gymnasium waren, und fühle mich wie rausgefallen aus der normalen Welt, ins schwarze Universum geschossen.

Eigentlich wollten wir nur die Planeten malen, aber irgendwie ist die Aktion ausgeartet und wir haben auch Hunderte von Sternen gepinselt. Theresas haben viele dünne Zacken, meine immer fünf. Sie wirbeln umeinander, trudeln Richtung Fenster, und klumpen sich in den Ecken. Ziemlich hässlich, das Ganze.

Ich sehe mich auf einer Leiter, mit einem Eimer weißer Farbe und einer Malerrolle, dann schwebe ich mittendrin im Sternenchaos. Ich schwebe durchs Weltall, allein im endlosen Schwarz, und fürchte mich.

Im Close-up sind die Sterne grobe Steinbrocken, ich schrappe mir im Vorbeifliegen den Arm auf. Und heiß ist es, das erzählt einem auch keiner. Die Unendlichkeit gruselt mich, der leere Raum. Mein Herz sticht, als hätte ich eine Handvoll Nadeln darin stecken.

Dann treibe ich durch eine Wolke. Die Wolke streichelt mich. Ich segele und sinke durch die Luft, wie ein Blatt, das von einem Baum weht, bis ich auf einem Holzboden zu liegen komme. Um mich rum sind lauter Papierwände und auf einem niedrigen Tischchen steht Essen bereit: Sushi, zum Frühstück! Es ist für zwei gedeckt und auf einmal weiß ich, Chris ist auch hier. Ich freue mich, wie ich mich noch nie gefreut habe, Sonnenstrahlen strömen herein, strudeln um meine Füße. Es duftet nach Kakao.

»Annika.«

Ich schaue hoch und … wache auf.

Mam hockt auf meinem Bett, redet irgendwas. Hab ich verschlafen? Nee, ist erst zehn vor sieben.

»Was?«, frage ich.

»Wir haben die Maus gefangen! Du musst sie dir ansehen. Sie ist unheimlich süß.«

»Gleich«, murmele ich.
Ich will noch mal in das japanische Haus, aber der Traum ist weg.

* * *

Schon fünfundzwanzig Grad. Mam parkt an der Eisenbahnbrücke, und so schnell wir können, laufen wir zur großen Wiese, damit ich noch rechtzeitig zur Schule komme. Ich trage die Flasche, Mausi stellt sich tot.
»E-mailst du manchmal mit Marek?«, fragt Mam.
»M-hm.«
»Geht es ihm gut?«
Ich nicke. Hab keine Lust, ausgefragt zu werden. Außerdem weiß ich ja auch nur, dass er surfen lernt.
»Ist er noch in New York?«
Ich zucke mit den Schultern.
»Was schreibt er denn so?«
»Dies und das.«
»Na, ein bisschen entgegenkommen könntest du mir schon.«
Will ich aber nicht.
Mam bleibt stehen.
»Ist er in Schwierigkeiten?«, fragt sie.
»Quatsch.«
»Dann erzähl doch mal.«

Meine Güte. Ich hocke mich auf die Wiese und lege die Flasche vorsichtig auf die Seite. Mausi flitzt zur Öffnung und verschwindet im Gras. Ach Mensch, ich wollte sie doch noch streicheln.

»Ich verstehe nicht, warum das alles immer so geheim sein muss«, sagt Mam. »Kannst du denn nicht nachvollziehen, dass mich interessiert, was mein Sohn am anderen Ende der Welt macht?«

Ich schweige.

»Kannst du mir bitte eine Antwort geben?«

»Ich muss zur Schule.«

»Wir können doch im Gehen reden.«

Ich stapfe los.

Sie kapiert's einfach nicht.

* * *

Große Pause. Mein Magen knurrt, aber mein Schulbrot ist nur noch ein matschiger Klumpen.

»Mmm!«, macht Molly.

Ich lache. Sie hält mir ihre Kekstüte hin, und ich bediene mich.

»Bei der Hitze kann ich kaum noch denken«, sagt sie. »Gestern nach der Schule hab ich mich verfahren, obwohl ich immer denselben Weg nehme.«

»Wird man blöd bei.«

Ich gehe rüber zu Theresas Klasse. Es riecht ganz schlimm nach Käsefüßen, irgendein Depp hat seine Turnschuhe ausgezogen.
»Na?«, sagt Theresa und legt mir den Arm um die Taille.
»Na?«
Ich drücke die Tür zum Treppenhaus auf.
»Warte mal.«
Sie schaut mir in die Augen.
»Ist irgendwas?«, fragt sie.
»Was soll sein?«
»Keine Ahnung, du siehst irgendwie anders aus.«
»Aha.«
»Nee, wirklich. Bist du verliebt?«
Ich lache. Theresa zieht mich zum Fenster.
»In wen?«, fragt sie.
Ich schüttele den Kopf.
»Ich verrate dir auch, mit wem ich gestern in der Eisdiele geknutscht hab«, sagt sie.
»Mir doch egal«, lüge ich.
Sie lehnt sich gegens Fensterbrett und kruschtelt gemütlich das Papier von 'nem Bonbon, als hätte sie das Interesse an unserer Unterhaltung verloren. Ein ganz billiger Trick.
»Ich hab mich am Samstag mit Chris getroffen«, sage ich.
Jetzt guckt sie.
»Mareks Chris?«

»Shhh!«

Sie flüstert: »Den du seit hundert Jahren jedes Wochenende siehst?«

»M-hm. Ich glaub, er mag mich auch ziemlich.«

»Nee!«

»Doch. Werd' ich aber gleich wieder vergessen.«

»Warum?«

Ein paar Leute kommen die Treppe runter. Ich warte, bis sie außer Hörweite sind.

»Weil er nach München geht. Und außerdem hat er 'ne Freundin.«

»Aber verliebt bist du trotzdem.«

»Nicht wirklich.«

»M-hm. Klar.«

»Jetzt du.«

»Nee, ist doch interessant. Wieso nimmst du nicht einfach, was du kriegen kannst? Der ist doch süß.«

»Weil es sich scheiße anfühlt. Hinterher jedenfalls.«

»*Wie* oft hast du das schon ausprobiert?«

»Ich weiß halt, dass das nix für mich ist.«

Theresa wirft das Bonbonpapier aus dem Fenster.

»Also gestern, mit Lukas, das hat einfach nur Spaß gemacht.«

»Schön für dich.«

»... sagte sie, und die Aufrichtigkeit in ihrer Stimme erfrischte Theresas Herz.«

Ich lache.

»Nein, wirklich. Wahrscheinlich entgeht mir jede Menge tolle Knutscherei.«

»Auf jeden Fall.«

Wir laufen die Treppen runter.

»Kommst du mit zur *Chronisch*-Clique?«, fragt sie.

Unser Schulhof besteht aus einer Betonfläche mit Betonbänken und Mülleimern drauf, außenrum läuft ein schmaler Streifen Gras, auf dem ein einziger Baum steht. Weil der Baum den einzigen Schatten macht, ist es ein ziemliches Privileg, da sitzen zu dürfen. Bis zur Neunten hat man gar keine Chance, danach nur, wenn man mit den coolen Leuten der Oberstufe kann. Allein würde ich mich nicht hintrauen, aber Theresa ist Stammgast, und zusammen mit ihr werde ich geduldet.

Wir setzen uns ins Gras zwischen Gregor und Mick. Es ist eine Diskussion im Gang, Sophie ist sauer.

»Du hast gesagt, dass du's bis heute schaffst«, sagt sie zu Mick.

»Reg dich ab«, sagt der.

»Ich rege mich *nicht* ab. Wir brauchen den Artikel. Wenn ich gewusst hätte, dass du's verschlampst, hätte ich was anderes organisiert für die Rubrik.«

»Für ›*Das war schon immer so*‹?«, fragt Theresa.

Sophie nickt.

Ich glaube, es geht um die Serie über unsinnige Verbote.

Die ersten beiden Themen waren *Wieso ist rennen auf den Gängen böse?* und *Schneeballwerfen: eine Verteidigung.*
»Ich könnte was schreiben«, sagt Theresa. »Wann muss der Artikel denn fertig sein?«
»Naja«, sagt Gregor. »Morgen früh stellen wir die neue Ausgabe ins Netz. Aber wir müssen heute noch das Layout machen.«
»Könntest du's bis vier fertighaben?«, fragt Sophie.
»Kann ich«, sagt Theresa.
Sophie seufzt, Mick zupft beleidigt Gras. Theresa beugt sich zu mir und flüstert »Leihst du mir dein Handy?«
»Hast du deins verloren?«
»Meine Kamera ist kaputt. Ich geb's dir nach der Schule wieder.«
Nach der Sechsten wartet sie vor meinem Klassenzimmer. Sie hält mir mein Handy entgegen und zieht mich ins Treppenhaus, aber statt runter laufen wir rauf. Sie führt mich zu den Mädchenklos im dritten Stock.
Ich halte die Luft an, in der Hitze stinkt's hier wirklich widerlich. Theresa öffnet die Tür zur Toilette am Fenster und schiebt mich rein.
»Was?«, frage ich.
»Mach die Tür zu.«
Eine lebensgroße Meerjungfrau aus schwarzem Edding lächelt mich an. Wahnsinn, der Busen. Der Fischschwanz geht bis zur unteren Kante der Tür, die Haare bedecken

den gesamten Hintergrund. Von den alten Kritzeleien ist nichts mehr zu sehen.

»Wow«, sage ich und mache die Tür wieder auf. »Weißt du, wer die gemalt hat?«

Theresa klimpert mit den Wimpern.

»Du?«, frage ich.

»Oui. Für die *Chronisch*.«

»Aber – was hat das mit der Serie zu tun?«

»Na, mein Thema ist, warum darf man eigentlich keine Klotüren bemalen? Die Kleine ist der Beweis dafür, dass Klogemälde schön sein können.«

»Ah.«

»Du klingst so begeistert.«

»Ich dachte, du schreibst was.«

»Mach ich ja auch.«

»Ach so.« Ich sage: »Gute Idee« und denke, warum fällt mir so was nicht ein?

KAPITEL 7

Wer hätte gedacht, dass es am Rand von New York so viele Strände gibt? Die Satellitenkarte zeigt mir x Stellen auf Long Island an. Keine Chance, die zu finden, an der Marek surfen lernt.

Ich hatte ihn gefragt, ob er einen Gummianzug trägt, wie kalt der Atlantik ist und ob er mal ein Foto schicken kann. Aber seit anderthalb Wochen: Schweigen. Seine tumblr Seite gibt auch kaum was her, er postet nur Zeug wie: *Geil, das Wasser* und *Surfin USA*. Komme mir langsam ziemlich dumm vor, weil ich immer wieder gucke.

Ich mache gerade den Computer aus, als das Zuhausetelefon klingelt.

»Redest du noch mit mir?«

Chris.

»Ähm. Was ist das denn für 'ne bescheuerte Frage?«

»Naja, nach dem Werbespot von meinen Eltern …«

»Da hab ich weggehört.«

»Du lügst.«

»Okay, ich fand's total blöd, was sie gesagt haben. Total falsch. Besser?«

»Wenn's stimmt.«

»Natürlich stimmt das.«

Ein paar Momente ist Stille in der Leitung, dann fragt er, ob wir uns noch mal treffen wollen. Ich sage *Ja, irgendwo, wo's nicht so heiß ist.*

»Supermärkte haben Klimaanlagen.«

Ich lache, frage, »Meinst du, die lassen uns zwischen den Regalen picknicken?«

»Bestimmt. Wir könnten aber auch ins Kino, oder in den Wald.«

»Wie wär's mit dem Botanischen Garten? Da geh ich manchmal hin.«

»Und danach Kino?«

Als ich auflege, sind meine Hände nass.

Ganz ruhig. Wir sind nur Freunde.

* * *

»Ich habe eine sehr nette kleine Cateringfirma gefunden«, sagt Mam beim Abendessen. »Zwei Schwestern, die zu Hause kochen.«

Papa hört auf zu kauen.

»Eine Cateringfirma?«, fragt er. »Wofür?«

»Deinen Geburtstag. Schon vergessen? Ich kann ja nicht ein ganzes Büfett selbermachen. Wir haben Glück, dass wir noch so kurzfristig jemanden gefunden haben.«

Papa guckt. Wischt sich den Mund ab.
»Wie viele Leute hast du denn eingeladen, dass du einen Cateringservice brauchst?«
Mam steht auf und holt ein Blatt Papier vom Tresen. Es ist vollgeschrieben mit Namen. Oje.
Papa sieht unglücklich aus.
»Wir hatten doch gesagt, wir machen nur ein kleines Fest.«
»Aber der Fünfzigste ist was Besonderes. Das müssen wir richtig feiern.«
»Aber …«
»Ich hab gedacht, wenn ich Beate und Kuno einlade, muss ich auch Erika einladen, und wenn Erika kommt, wär's komisch, wenn Sina fehlt. Bei den Eberts waren wir schon zweimal zum Essen und –«
»Ja, ich weiß, ich weiß«, sagt Papa. »Aber deswegen muss ich doch nicht tausend Leute einladen.«
Mam nimmt ihm die Liste aus der Hand und zählt.
»Siebenunddreißig, Bernd, ich finde das eher wenig.«
»Mir ist es aber zu viel!«
Sie wirft die Liste hin.
»Warum hast du dein Fest nicht selbst organisiert?«, fragt sie.
»Weil du mir keine Zeit gelassen hast.«
»Man muss so was rechtzeitig angehen!«
»Das hätte ich auch getan.«

»Sagst du.«

»Mensch, Kati, hörst du dich eigentlich reden? Traust du mir überhaupt *irgendwas* zu?«

Mam sieht aus dem Fenster. Sie hat Tränen in den Augen, sagt: »Ich reiß mir den Arsch für dich auf und du meckerst nur rum!«

Das ist der Moment, in dem Papa traditionellerweise ihre Hand nimmt. Ich sehe ihn an. Er sitzt da, die Hände neben dem Teller, und starrt vor sich hin. Dann steht er plötzlich auf und geht aus der Küche.

»Ach, Scheiße«, sagt Mam und fängt an zu weinen.

* * *

Ich schließe Mareks Zimmer auf.

Es mufft. Marek hat seine dreckigen Klamotten auf dem Boden liegen lassen, die sedimentieren jetzt vor sich hin. Könnte gut sein, dass noch das eine oder andere Schulbrot zwischen den T-Shirts fault. Das Bett ist ein zerwühlter Deckenhaufen, alles wie immer, nur sein Teddy sitzt sonst nicht auf dem Schreibtisch – lange her, dass ich den gesehen hab.

Rudi ist der einzige Überlebende des Massakers vor ein paar Jahren, bei dem Marek und Chris ihre alten Stofftiere gegen die Wand geworfen haben, bis die Nähte geplatzt sind und der Schaumstoff rausgequollen ist. Rudi haben sie nur die Ohren abgerissen. Ob Marek überlegt hat, ihn mitzunehmen? Wohl kaum.

Ich setze ihn so, dass er rausgucken kann, und öffne das Fenster. Dann pflanze ich mich im Schneidersitz vor den Ghettoblaster, werfe ihn an, und lege die Stirn zwischen die Boxen. *Pling pling pling* macht es, und ein Typ säuselt mir *Sunday morning* ins Ohr.

Wieso muss Mam bloß immer diese idiotischen Streits anfangen? Dauernd mischt sie sich in Sachen ein, die sie nichts angehen. Und wenn der andere sich dann ärgert, ist sie beleidigt.

Ich hab das Gefühl, es wird immer schlimmer. Früher haben meine Eltern abends zusammen in der Küche gesessen und sich erzählt, was sie den Tag über gemacht haben. Seit ein paar Monaten haut sich Mam nach dem Abendbrot vor die Glotze und Papa geht in den Garten oder zieht sich in sein Arbeitszimmer zurück. Ich kann mich kaum noch an ein friedliches Essen erinnern.

Aus den Boxen quietscht apokalyptisches Gegeige, elektrisch, glaube ich. Ich stoppe die CD, hole sie aus dem Recorder. Velvet Underground, nie gehört. Ich krame in dem CD-Haufen neben mir, suche die Byrds, kann sie aber nicht finden.

Später, als ich mir die Zähne putze, kommt Mam und fragt, ob Papa gesagt hat, wo er hingeht.

Ich schüttele den Kopf. Sie sieht besorgt aus, knetet ihre Hände. Ich hab das Gefühl, sie will mit mir reden, aber ich putze weiter, als würde ich es nicht merken.

»Schlaf schön, mein Schatz«, sagt sie schließlich und streicht mir über den Kopf.

KAPITEL 8

Es ist unerträglich heiß, so schlimm war's noch nie. Wir hängen nur über unseren Pulten und warten, dass die Zeit vergeht. Molly zeichnet komplizierte Eisbecher mit Wäffelchen und Fähnchen und schickt sie auf Reisen durch die Klasse. Die Zeichnungen kommen mit Totenköpfen verziert zurück. Egal wie lang wir die Fenster auflassen, es stinkt nach Schweiß und ranziger Butter. Und auf dem Schulhof knallt die Sonne, als wollte sie uns alle zusammen ins Koma versetzen.

Ich überquere den heißen Beton, bleibe an der Rasenkante stehen. Theresa winkt mir. Mick rückt ein Stück zur Seite, und ich quetsche mich zwischen sie.

»Wusstest du schon?«, fragt mich Mick. »Theresas Meerjungfrau kommt total gut an. Hat schon über zwanzig Kommentare.«

»Sonst kriegen wir fünf, höchstens zehn pro Artikel«, sagt Sophie.

»Jemand meinte, *Unknown Artist* sollte alle Klotüren verschönern«, sagt Gregor.

»Echt?«, fragt Theresa. »Vielleicht mach ich das.«

»Da hast du aber zu tun.«
Sie lacht.
»Kannst mir ja helfen.«
»Wenn du deine Fans vergraulen willst …«
Ich überlege, wie viele Klos wir in der Schule haben. Pro Stock 2 für Mädchen, 2 für Jungs à 6 Toiletten plus noch mal 12 bei der Turnhalle, gibt 84. Hm.
Ich hatte gedacht, Sophie und Gregor würden enttäuscht sein, oder sogar sauer, weil Theresa nur einen einzigen Satz unter das Foto geschrieben hat, aber offenbar sind sie ganz zufrieden. Sie reden darüber, was den Leuten so alles zu dem Bild eingefallen ist, überlegen, wie man die Aktion ausbauen könnte.
»Vielleicht könnte man da 'ne Rubrik draus machen«, sagt Sophie. »Jede Woche ein neues Bild.«
Gregor nickt. Er packt sein Tabaktäschchen aus, fängt an, eine Zigarette zu drehen.
»*Theresas geheime Phantasien* könnte die heißen«, sagt er. »Zum Beispiel.«
Theresa findet das gut, aber Sophie schüttelt den Kopf. Sie ist eindeutig die Chefin.
»*Jungs müssen leider draußen bleiben*«, sage ich.
Alle gucken mich an.
»Das ginge«, sagt Gregor.
Sophie schreibt meinen Vorschlag in ein Notizheft.
»Wie wär's mit *Klokunst*?«, fragt Mick.

»Nee, eklig«, sagt Theresa. »Nix mit ›Klo‹.«
»*Toilettenkunst?*«, sagt er.
»Nein, furchtbar.«
»*Was Mädchen beim Scheißen sehen*«, legt er nach.
»Sag mal«, lacht Theresa. »Was hast du denn für'n Problem? Kannst du bitte weg von dem Klokram?«
»Du bist doch die, die auf Klotüren malt.«
»Die Rubrik muss doch aber nicht so heißen.«
Gregor zündet seine Zigarette an. Kaum hat er den ersten Zug getan, schnappt Theresa sie ihm weg. Er guckt ziemlich überrascht. Sie nimmt einen Zug, pustet den Rauch zur Seite und gibt ihm die Zigarette zurück. Ich glaube, das gefällt ihm.
»Wie wär's mit *Was Jungs verpassen*?«, fragt er.
Theresa grinst ihn an.
»Das ist gut«, sagt sie.
»Ja, das ist gut«, sagt Sophie.
Ich knibbele den Lack von meinen Zehennägeln und fühle mich überflüssig.

* * *

Das war hier mal ein elegantes Plätzchen für Damen mit Sonnenschirmen, glaube ich. Die Brücke ist ziemlich unnötig, weil man auch mit zehn Schritten um den Teich kommt, aber sie ist hübsch und gut zum Beinebaumeln. Mein Lieblingsplatz im Botanischen Garten. Ich schnippe ein Stöckchen runter. Es bleibt auf der Grütze liegen.

»Hätte meine Kamera mitnehmen sollen«, sagt Chris. »Das Zeug sieht aus wie die Ursuppe.«

»Bild ich mir das ein, oder leuchtet es?«

»Es leuchtet. Ist wahrscheinlich Phosphor drin, oder so. Muss ich unbedingt mal filmen.«

Er nimmt einen Stock und bewegt die Grütze hin und her. Schön, wie die Härchen auf seinen Armen in der Sonne leuchten.

»Du hast es gut«, sage ich. »Ich hab überhaupt kein Talent für irgendwas.«

Er sieht mich an.

»Quatsch.«

»Doch. Ich bin nicht musikalisch, kann nicht toll malen, bin kein Mathegenie …«

»Hm.«

Ich muss lachen.

»Genau, *hm.*«

»Dann hast du halt ein anderes Talent.«

»Und was könnte das sein?«

»Du hast zum Beispiel einen grünen Daumen.«

»Mein Vater hat 'nen grünen Daumen. Ich helf ihm bloß.«

»Aber das interessiert dich doch, oder? Du hast mir doch

eben genau erklären können, wie die – was war das? Wasserlilie?«

»Lotusblume.«

»... wie die Lotusblume das macht, dass sie aus dem Schlamm kommt, und komplett sauberbleibt.«

»Das kann jeder, der die Schilder gelesen hat.«

Wieder: »Hm.«

Chris guckt in den Himmel. Ihm fällt was ein. »Du kannst unheimlich gut Sachen finden. Weißt du noch, als ich mein Handy verlegt hab, und Marek und ich stundenlang bei euch gesucht haben? Du bist zur Tür reinspaziert und hast es unterm Stadtplan vorlugen sehen.«

»Das ist ja mal ein tolles Talent.«

»Ist doch sehr nützlich.«

Ich verziehe das Gesicht. Gibt es was Langweiligeres als nützlich? Ich lasse einen Kieselstein ins Wasser plumpsen.

»Ich kann auch was Seltsames, was völlig *unnütz* ist«, sage ich.

»Nämlich?«

»Im Kleiderschrank mit Augen zu erkennen, welches T-Shirt welches ist, wenn ich den Stoff an einer Stelle anfasse.«

»Hä?«

»Na, ich fühle den Stoff.«

»Aber T-Shirts sind doch alle aus Baumwolle.«

»Ja, aber je nachdem, wie alt sie sind und wie oft sie gewaschen wurden und wie dick sie sind, fühlen sie sich unterschiedlich an.«

»Ja?«

»Ja. Schon zwei phantastische Talente.«

Ich denke, jetzt sagt er: »Siehst du«, aber er schweigt und guckt aufs Wasser.

Nach einer Ewigkeit, als ich schon denke, was hab ich nur für Mist geredet, sieht er mich an, und mein blödes Herz fängt an zu flattern. Aus Versehen schau ich ihm auf den Mund.

Chris hebt die Hand, zögert, dann streicht er mir die Haare aus dem Gesicht und beugt sich zu mir. Küsst mich, ganz vorsichtig. Ich wusste gar nicht, dass ich das die ganze Zeit schon wollte.

»Du riechst so lecker«, flüstert er.

Irgendwo ganz hinten in meinem Kopf, hinter dem Wollen und Sehnen, ist eine Stimme, die: *Warte mal!* ruft.

Chris streicht mir übers Knie. Ich kriege Gänsehaut.

»Nicht«, sage ich, als er mich wieder küssen will.

»Warum nicht?«

Ich schüttele den Kopf. Da war ein guter Grund.

»Sag schon.«

»Vergessen.«

Das findet er natürlich lustig. Aber ich bin ganz durcheinander, will hier sein und weglaufen, beides gleichzeitig. Ich lege meine Arme um seine Schultern, lasse mich drücken.

»Du hast doch 'ne Freundin«, sage ich.

Er schüttelt den Kopf.

»Hab letzte Woche Schluss gemacht.«

Wieso beruhigt mich das nicht?

»Musste dauernd an dich denken«, sagt er.

Heißt das, er ist in mich verliebt? Ich bin total verwirrt.

»Ich glaub, das ist keine so gute Idee«, sage ich.

»Wieso?«

»Können wir nicht einfach nur befreundet sein? Wie immer?«

Er lässt mich los, guckt weg.

»Ich dachte, es hätte sich was geändert zwischen uns. Seit der Nacht im Flussgraben.«

Er stützt das Kinn in die Hände und sieht mich aus dem Augenwinkel an, ohne Lächeln diesmal. Mir ist elend.

Auf dem Weg zurück zum Tor reden wir kein Wort. Mein Kopf ist leer. Er gibt mir die Hand und düst auf dem Fahrrad davon.

So viel dazu.

* * *

Keine Ahnung, wie oft ich jetzt schon die gleichen drei Sätze gelesen habe, wieder und wieder. Ich sitze allein im Wohnzimmer, versuche mich auf die neueste Ausgabe von Papas *Globus* zu konzentrieren, aber die Worte sind nur Geknister und Gerausche. In Gedanken bin ich immer noch auf der Brücke. Der Kuss war so schön, ganz anders als die schlabbrigen Küsse mit Moritz letztes Jahr. Vielleicht hat Theresa recht, und ich sollte einfach mal ein bisschen rumprobieren.

Die Idee finde ich ungefähr eine Minute gut, dann denke ich wieder, nee, nicht mit Chris. Vielleicht mit 'nem Jungen, der mir egal ist.

»Entschuldigung?«

Ich drehe mich um. Die alte Frau, die gestern eingecheckt hat, schlurft durch die Diele. Wie hieß die noch gleich? Ich stehe auf, lächle sie an.

»Kann ich Ihnen helfen?«

»Ich wollte fragen, ob Sie vielleicht Material haben über Sehenswürdigkeiten in der Gegend.«

»Wir haben nur die Prospekte, die ich Ihnen gegeben habe.«

»Haben Sie vielleicht Bücher über die Kathedrale?«

Ich gehe zum Regal und schaue bei den Kunstbänden. Sie stellt sich neben mich, beguckt die *Wand der Eitelkeit*.

»Ist das Ihre Mutter als junges Mädchen?«, fragt sie und zeigt auf mein Lieblingsbild.

»Meine Oma.«

»Wo ist das aufgenommen?«

»In London.«

Oma Greta, die damals noch ein Teenager war, sitzt auf dem Dach eines Grand Hotels und lacht jemanden jenseits vom Bildrand an. Über ihrer Zimmermädchenuniform trägt sie einen extrem schicken Lackmantel. Chris hat mal gesagt, ich sehe ihr ähnlich, aber ich mag das Bild, weil sie so fröhlich überrascht aussieht. Als könnte sie kaum glauben, dass sie an so einem tollen Ort gelandet ist.

»Dies hier klingt interessant«, sagt Frau Dingens.

Sie zieht einen fetten Wälzer aus dem Regal, trägt ihn zum Couchtisch und setzt sich in Papas Sessel. Na, wunderbar.

Ich weiß nicht so genau, was ich machen soll – unser Wohnzimmer ist schließlich privat. Die Gäste sollen das Glöckchen an der Rezeption läuten, wenn sie was brauchen. Aber egal was passiert, ich muss immer freundlich bleiben, das ist oberstes Gebot.

Frau Dingens fängt an zu lesen. Wenn ich mich wieder hinsetze und auch lese, wird's vielleicht ein bisschen arg gemütlich, also bleibe ich stehen und warte.

»Könnte ich vielleicht einen Tee bekommen?«, fragt sie, ohne von dem Buch aufzusehen.

Das hab ich jetzt davon.

Ich bin schon in der Küche, als sie ruft: »Mit Sahne, ohne Zucker.«
Aber sicher doch. Ich richte ein Tablett, schütte sogar ein paar Kekse auf ein Tellerchen. Da kann Mam echt nicht meckern.
»Ach, das ist ja nett hier.«
Frau Dingens steht im Durchgang vom Esszimmer. Kein bisschen neugierig.
»Sehr hübsch«, sagt sie.
»Danke.«
»Hat Ihre Mutter selbst eingerichtet?«
»M-hm.«
»Gekonnt. Wirklich. Ist die Lilientapete englisch?«
»Da müssen Sie meine Mutter fragen.«
Ich gieße den Tee auf und nehme das Tablett. Frau D. weist mir den Weg, als wäre sie hier zu Hause und ich das neue Zugehfräulein.
»Sehr aufmerksam«, sagt sie und lässt sich im Sessel nieder.
Weil ich keine Lust habe, ihr auch noch Häppchen zu bereiten oder Luft zuzufächeln, setze ich mich wieder aufs Sofa. Ich lese einfach weiter.
Oder auch nicht. Frau Dingens räuspert sich dauernd und murmelt »Oh!«, und »Entzückend«. Sie trommelt mit den Fingern aufs Buch und klappert mit dem Teegeschirr. Am liebsten würde ich auf mein Zimmer gehen.

Endlich, die Haustür und Mams Schritte in der Diele.
Ich fange sie ab. Sie ist total verschwitzt.
»Hallo, meine Kleine«, sagt sie. »Magst du mir mit den Tüten helfen?«
Ich deute hinter mich und flüstere: »Die Frau, die gestern gekommen ist, sitzt im Wohnzimmer.«
»Frau Geerke?«
Ich nicke.
»Gibt's ein Problem?«
»Nee, sie liest nur. Ich wusste nicht, was ich machen soll.«
Mam wischt sich über die Stirn.
»Ich kümmer mich drum. Kannst du die Sachen in den Kühlschrank räumen?«
Als alles verstaut ist, schleiche ich ins Esszimmer und horche. Mam scheint die Geerke auch nicht loseisen zu können aus Papas Sessel. Sie machen Smalltalk. Ich wette, Mam will nur unter die Dusche, aber sie hört der Geerke höflich zu. Ich glaube, es geht um Wein.
Ich schleiche zurück in die Küche und rufe: »Mam!«
Sie sieht fertig aus.
»Was?«, fragt sie.
»Dachte, du willst vielleicht weg.«
Sie geht zur Spüle und lässt sich ein Glas Wasser einlaufen.
»Sirup?«, frage ich.

Sie schüttelt den Kopf. Trinkt das Glas in einem Zug leer. Dann stützt sie die Hände auf den Tresen und lässt den Kopf hängen.

»Magst du duschen?«, frage ich.

Sie nickt.

»Fünf Minuten, dann bin ich wieder da.«

Die Geerke ist gegangen. Auch gut. Ich verziehe mich nach oben und fahre den Computer hoch. Marek hat geschrieben. Mein Herz klopft mir im Hals, als ich die Mail anklicke.

Na?

Wohne in dem Zimmer von einem, der durch Südamerika reist. Der Typ scheint ein ganz sonniges Gemüt zu haben. You live and die alone *steht an der Wand neben seinem Bett.* *Und:* Love is just a 4-letter word.

So long

M

Was soll ich denn damit? Was, bitte, interessiert mich der Typ, in dessen Zimmer Marek wohnt, wenn er den noch nicht mal selber kennt? Ich will wissen, wie es *ihm* geht. Er hat keine meiner Fragen beantwortet, und dabei hängt meine letzte Mail unten dran. *Delete* und weg und Ablenkung: Ich rufe die Seite der *Chronisch* auf, sehe mir die Kommentare zu Theresas Klogemälden an.

Sie hat noch drei andere Bilder fabriziert: eine lebensgroße Putzfrau mit Zigarre im Maul, das Skelett eines Eisbären auf einer Scholle und eine Giraffe mit Zahnspange. *Genial*, schreibt einer. Jemand fordert die Abschaffung von Klotüren und ein Mädchen erzählt, wie sie mal einen toten Junkie gefunden hat, in einer Restauranttoilette. Nur ungefähr die Hälfte der Kommentare haben mit Theresas Artikel zu tun, aber immerhin. Jetzt bin ich auch noch neidisch.

* * *

Als ich um neun in die Küche komme, sind meine Eltern dabei, die Spülmaschine zu bepacken. Und zu streiten. Abendessen scheint ausgefallen zu sein.
Mam winkt mich rein und schließt die Küchentür. Papa streicht mir über den Kopf.
»Wir müssen sie raussetzen«, sagt er.
Mein erster Gedanke: mehr Mäuse.
»Das können wir nicht«, sagt Mam.
»Kati, wir haben hier das Hausrecht, natürlich können wir das.«
»Sie hat es doch nicht böse gemeint.«
»Es ist mir völlig egal, ob sie's böse gemeint hat oder ob sie 'nen Sprung in der Schüssel hat. Ich will, dass sie auszieht.«

Ich glaube, es geht um die Geerke. Hätte sie doch wegschicken sollen.
»Tut mir leid«, murmele ich.
»Hast du gesehen, dass sie in mein Arbeitszimmer ist?« fragt Papa.
»Äh, nee. Ich dachte, sie wär gegangen.«
»Das hab ich auch gedacht«, sagt Mam.
»Die Dame hat meinen Schreibtisch durchstöbert, ist an meinen Computer«, sagt Papa. »War ganz pikiert, dass ich sie gestört habe. Was weiß ich, vielleicht hat sie sogar was eingesteckt.«
»Das glaube ich nicht«, sagt Mam.
»Weil sie so ein liebes altes Tantchen ist?«
»Bernd!«
Ich gucke in den Kühlschrank, nehme eine Tafel Schokolade raus. Normalerweise würde Papa meckern, dass ich erst was Vernünftiges essen soll, aber er ist zu beschäftigt mit der Geerke.
»Wirfst du sie jetzt raus?«, fragt er Mam. »Ja oder nein?«
»Nein.«
»Dann muss ich das wohl machen.«
»Wo soll sie denn jetzt noch hin, um die Zeit?«
»Es gibt genug Hotels in der Stadt.«
»Das ist doch albern!«
Papa wischt sich mit der Hand übers Gesicht.
»Willst du mir etwa erzählen, dass du dich nicht aufre-

gen würdest, wenn irgendein durchgeknallter Gast deine E-Mails liest?«, fragt er.

»Doch! Natürlich! Aber deine Reaktion ist übertrieben, sie ist kindisch!«

Papa stürmt aus der Küche, Mam rennt ihm hinterher.

»Du bist verrückt«, schreit sie.

»Geh mir aus dem Weg«, schreit Papa.

Das geht nicht gut, das geht nicht gut, das geht nicht gut.

* * *

Schon zwei. Wenn ich nicht bald einschlafe, bin ich morgen nicht zu gebrauchen. Ich halte seit Stunden das Schneckenhaus, das Chris mir im Flussgraben geschenkt hat, in der Hand und grübele.

Mam hat gewonnen, sie hat Papa davon abgehalten, die Geerke rauszuwerfen. Aber dafür ist er mit dem Auto weg und bis jetzt noch nicht zurückgekommen. Toller Sieg. Andererseits: Vielleicht wollte sie genau das. Sie hat sich jedenfalls sofort Popcorn gemacht und zum einhundertdreiundneunzigsten Mal *Dirty Dancing* angeschaut. Das kann sie nur gucken, wenn Papa aus dem Haus ist, weil er die Musik so schrecklich findet.

Er behauptet, Songs aus den Achtzigern verkleben ihm die Gehörgänge, und *Dirty Dancing* gehört zum größten Müll überhaupt, zusammen mit Abba, Mams Lieblingsband.

Wenn jemand einen Instant-Streit zwischen meinen Eltern provozieren will, muss er nur *Abba* sagen, und schon geht's los.

Naja, und an Chris muss ich natürlich denken. An den Kuss. Das war kein hingefummelter Anfänger-Schmatzer – sogar meine Knie haben gekribbelt, meine Ellbogen und Augenlider auch. Und als ich nach Hause gelaufen bin, war alles in mir enttäuscht, jede einzelne Zelle. *Wie, das soll's schon gewesen sein? Ein einziger Kuss? Der war doch gut! Wozu, glaubst du, jagen wir dir die ganzen Hormone ins Blut? Damit du artig »Nein, danke« sagst?*

»Klappe!«, hab ich gemurrt.

Jetzt ist das Wüstengefühl wieder da. Ich sitze allein auf einem Sandhügel, umgeben von endlos vielen anderen Sandhügeln, und starre in die Dunkelheit.

KAPITEL 9

Theresas Mutter macht mir auf. Ist Ewigkeiten her, dass ich sie gesehen hab, dabei bin ich fast jede Woche hier. Sie trägt ein langes violettes Kleid, zwirbelt sich die Haare hoch.

»Komm rein, komm rein, lass die Schuhe an.«

»Gehst du ins Theater?«

»Konzert.«

Sie schaut auf die Uhr.

»Frank?,« ruft sie. »Bist du so weit?«

Theresa winkt mich in ihr Zimmer. Wir lehnen uns gegen die Tür, hören Gerenne, Frank flucht. Dann rumst die Wohnungstür ins Schloss.

»Und … Ruhe«, sagt Theresa.

Wir gehen in die Küche, setzen Wasser für Eis-Kakao auf.

»Ich hab eine tolle Nachricht von Sophie bekommen …«

»Und zwar?«

Sie breitet die Arme aus. »Ta-*da*! Ich bin jetzt vollwertiges Redaktionsmitglied der *Chronisch*! Und meine Rubrik ist die meistgeklickte Sache auf der Seite!«

»Cool«, murmele ich.

Ich gieße ein bisschen heißes Wasser in eine Schüssel, rühre Kakao und Zucker ein. Theresa löffelt Vanilleeis in unsere Tassen.

»Vielleicht werd' ich ja berühmt. Ich mein, hast du schon mal von 'nem Künstler gehört, der Klotüren bemalt?«

Ich schüttele den Kopf. Mixe kalte Milch in das Kakaokonzentrat. Theresa beugt sich vor, guckt mich an.

»Manche Menschen freuen sich, wenn ihre Freunde Erfolg haben.«

»Ich freu mich doch.«

»Ach ja?«

»Bin nur mies drauf. Sorry.«

Sie überlegt, ob sie mir glauben soll. Ich rühre eifrig weiter.

»Okay«, sagt sie schließlich.

Ich gieße den Kakao in die Tassen, sie sprüht Sahnehauben obendrauf. Wir schaffen's zum Tisch, ohne was zu verschütten.

»Nach der Redaktionssitzung gestern bin ich übrigens noch mit Gregor in 'ne Studi-Kneipe. Wir haben stundenlang geknutscht.«

Sie lächelt selig, rutscht langsam den Stuhl runter. Scheint ja rundum rundzulaufen für sie.

»Und?«, frage ich. »Sind deine Kondome zum Einsatz gekommen?«

»In ’ner Kneipe?? Für wie verkommen hältst du mich?«
»Hier, mein ich. Oder bei ihm. Oder sonst wo. Nach der Kneipe.«
Sie rührt in ihrem Kakao, wirkt ein bisschen verlegen.
»Nee. Weiß noch nicht, ob er der Richtige ist.«
»Ob du verliebt bist?«
»Ach, darum geht’s doch gar nicht. Ich wüsste nur gern, ob er ein guter Lover ist. Der Mann fürs erste Mal sollte einfach gut im Bett sein, finde ich. Kein Stümper.«
»Gott bewahre. Aber ... wie willst du das denn rausfinden? Machst du ’ne Umfrage unter seinen Exfreundinnen? *Hallo, du, wie ist Gregor eigentlich im Bett? Lohnt sich das? Oder stümpert der?*«
»Keine schlechte Idee, Fräulein Müller, keine schlechte Idee.«
Wir schlürfen.
»Küssen kann er jedenfalls«, sagt sie. »Und schöne Muskeln hat er auch.«
Wie jemand anders, den ich kenne. Ich will von dem Thema weg.
»Du«, sage ich.
Sie stützt das Kinn in die Hand, lächelt mich an.
»Was?«
»Hast du auch manchmal das Gefühl, du schwebst allein durchs Weltall?«
»Äh, glaube nicht. Ist das gut?«

»Nee. Kennst du das Gefühl, alle Lebewesen sind ausgestorben und du bist als einziges übrig?«
»Bist du auf Drogen?«
»Quatsch.«
»Und wieso denkst du dann so was?«
»Ich denk das nicht. Es fühlt sich so an, manchmal.«
»Vielleicht ist deine Hirn-Chemie durcheinander. Vielleicht docken irgendwelche Botenstoffe an die falschen Synapsen, und dein Hirn produziert deswegen so Bilder.«
»Weiß nicht.«
Ich versenke meine Sahnehaube.
»Oder du machst dir einfach zu viele Gedanken.«
»Die machen sich selber.«
Sie lacht, und ich lache auch, aber eigentlich fühle ich mich ziemlich allein.

KAPITEL 10

Ich fall fast aus dem Bett vor Schreck. Das Zimmer ist neonhell und es donnert, als würde der Himmel über mir zusammenkrachen, und das Haus gleich mit dazu.

Es muss schon eine schöne Weile geregnet haben, der Teppich vor dem Fenster ist durchgeweicht, die Luft riecht nach feuchter Erde. Ich mache zu, hole Handtücher und lege sie auf die Pfütze. Dann renne ich rüber in Mareks Zimmer und klettere aufs Fenstersims.

Vor dem grellen Himmel sehen die Bäume und das Haus gegenüber wie eine Papp-Kulisse aus. Der Regen prasselt runter, macht einen Mordskrach. In Nullkommanichts schwimme ich in meinem T-Shirt.

Ob Chris auch wach ist? In der Bretagne hatten wir mal so ein irres Gewitter, wo Blitz und Donner genau gleichzeitig kamen, das war auch mitten in der Nacht. Marek, Chris und ich sind im Pyjama zum Strand gerannt, haben uns in die Dünen geworfen und die Blitze überm Meer bestaunt, während der Regen über uns weggefegt ist. Ich hab mir immerzu die Augen gewischt und Chris hat gelacht, weil das einfach aussichtslos war, so wie das Wasser runterkam.

»Gib's auf«, hat er mir ins Ohr gebrüllt und dann kam auch schon der nächste Blitz und wir haben uns in den Sand gedrückt, um nicht getroffen zu werden.
Der Regen rauscht mir auf den Kopf, strömt die Dachziegel runter, springt aus der Regenrinne. Kurz ist es dunkel, dann bricht der Himmel wieder auf. Ich wringe mein T-Shirt aus und klettere zurück ins Zimmer.
Morgen ist Papas Geburtstagsfest. Ich habe Angst, dass meine Eltern sich streiten, dass die Party schiefgeht. Werde jede Minute aufpassen müssen.

* * *

Papa steht an der Anlage und wechselt die CDs, eine Miles Davis gegen eine andere. Man kann nicht wirklich darauf tanzen, aber es macht so eine spezielle Atmosphäre, das mag ich. Die Leute sehen alle etwas cooler aus, als wenn Popsongs laufen.
Papa lächelt mich an.
»Ist doch eigentlich ganz schön, oder?«
Ich nicke.
»Hast du schon die Quiche probiert? Die ist sehr gut.«
»Ich probier sie.«
Ich gucke, wo der Typ ist, der mir zur Begrüßung an den Po gefasst hat – am Fenster mit Mams Freundin Lisa – und gehe zum Büfett. Lade den Teller voll, bis nichts mehr

draufgeht, schlängele mich durch zur Diele und setze mich auf die Treppe. Hier stört mich keiner, und ich hab die Stimmung im Blick, für alle Fälle.

Angefangen hat der Tag nicht so gut. Schon die Frühstücksdiskussion darüber, wo im Wohnzimmer das Büfett stehen soll, ist komplett ausgeartet, und dann ging's grad weiter, wegen allem und jedem. Am schlimmsten haben Papa und Mam darum gestritten, ob man der Cateringfrau Trinkgeld geben soll. Mam war dafür, Papa dagegen. Er hielt die Brieftasche, und sie hat versucht, noch einen Zehner rauszuziehen, nachdem er die Frau bezahlt hatte. Ich konnte kaum hinsehen, so peinlich war das.

Lisa steht vor dem CD-Regal und läuft mit den Fingern die Reihen ab. Sie hält an, fummelt eine CD raus und sieht sich um. Will sie die etwa klauen? Nee, sie winkt Mam herbei und zeigt ihr das Album. Den Soundtrack von *Dirty Dancing* erkenn ich auf hundert Meter Entfernung.

Mam legt sich die Hand auf die Brust und redet mit Lisa. Erklärt ihr wahrscheinlich, dass heute Abend nur Jazz läuft.

Ich gehe zurück zum Büfett, nehme Mousse au Chocolat, ein Stück Buttercremetorte und ein Stück Apfelstrudel.

»Na, du hast ja ganz schön Appetit.«

Scheiße, der Arschgrabscher. Zum Glück hat er die Hände

voll mit 'nem Schälchen und 'nem Glas. Ich tu so, als hätte ich ihn nicht gehört.

»Hast du keine Angst, aus dem Leim zu gehen?«, fragt er.

»Idiot«, murmele ich.

Er lacht, hält die Hand mit dem Glas an sein Ohr.

»Wie bitte? Was hast du gesagt?«

Ich schlüpfe zwischen zwei Grüppchen durch, laufe in die Küche und von da in die Diele. Verdrücke mich wieder auf die Treppe.

Jetzt steht Papa mit Mam und Lisa an der Anlage. Er hat den Rücken zu mir, aber ich sehe trotzdem, dass er wütend ist. Er hat den Hals so eingezogen, dass ich fast einen Krampf kriege vom Zuschauen. Mam redet auf ihn ein, und ich hab das blöde Gefühl, dass sie die *Dirty Dancing*-CD auflegen will, für Lisa. Die bettelt richtig. Wie ein kleines Mädchen steht sie da, die Knie zusammen und die Füße eingedreht.

Eine Weile hört Papa sich das an, dann nimmt er die Hände hoch, und verschwindet Richtung Küche. Mam dreht Miles Davis den Saft ab, macht *The Time of My Life*, an, und Lisa streckt eine Faust in die Luft. Ich renne die Treppe runter.

Papa steht an der Spüle. Als ich meine Hand auf seinen Rücken lege, fährt er herum, schubst mich weg. Mit einem Rums knalle ich gegen den Kühlschrank.

»Oh, Gott! Annika, entschuldige! Ich hab gedacht –«
Er nimmt mich in den Arm, und ich fange an zu heulen.
Was für ein beschissener Scheißtag.

KAPITEL 11

Ich wache mit Magenschmerzen auf. Es regnet nicht mehr. Die Vögel im Garten machen einen Riesenlärm, aber im Haus ist es still, ganz mies still. Ich rolle mich aus dem Bett und öffne die Tür, lausche.

Nichts.

Vielleicht schlafen meine Eltern noch, oder sie sind in der Küche und haben die Tür zugemacht. Ich schleiche die Treppe runter und horche, aber ich höre keine Stimmen, nur Wasser.

Mam spült eine Tasse, ist ganz blass. Wieso hat sie nur für zwei gedeckt?

»Wo ist Papa?«, frage ich.

»Unterwegs.«

»Wohin?«

»Weiß ich nicht. Er wird ein paar Tage weg sein.«

»Ein paar Tage??«

»Komm, setz dich.«

Ich gucke sie an, wie sie in ihrer Blumenschürze dasteht und ein Glas poliert.

»Setz dich«, sagt sie noch mal. »Ich mach dir Kakao.«

Sie stellt das Glas ins Regal, holt Milch aus dem Kühlschrank.

»Magst du Toast?«, fragt sie.

Ich sehe mich mit dem Arm über den Tisch wischen, das Frühstück runterfegen, wie im Film. Ich sehe das Schälchen mit dem selbstgemachten Pflaumenmus zu Boden segeln, den Zucker aus der Dose rauschen wie ein Kometenschweif gen Erde, die Tassen von den Untertassen schweben, die Messer, Teller, Eierlöffel.

Schlecht ist mir.

»Annika?«

Ich renne zurück in mein Zimmer.

Papa geht nach zweimal Klingeln ran.

»Ich wollte dich gerade anrufen«, sagt er.

Er klingt außer Atem.

»Wo bist du?«, frage ich.

»Bei Urs.«

»Was machst du da?«

»Ich brauche ein paar Tage Ruhe. Ich bin …«

Als er nicht weiterredet, frage ich: »Was? Du bist was?«

Er schnäuzt sich die Nase.

»Das hat alles gar nichts mit dir zu tun.«

»Weiß ich.«

Ich heule. Papa klingt auch ganz komisch.

Er sagt: »Ich hätte gerne noch mit dir geredet, aber ich bin mitten in der Nacht los.«

»Mam sagt, du kommst in ein paar Tagen wieder.«

Er schnäuzt noch mal.

»Wie geht es ihr?«, fragt er.

»Sie tut so, als wär alles bestens. Wann kommst du wieder?«

»Bald.«

»Morgen? Übermorgen?«

»Ich sag dir Bescheid, sobald ich es weiß.«

KAPITEL 12

Schule am Montag zieht sich hin wie die Kein-Kuchen-Diät, die ich vor zwei Jahren machen musste, als ich ganz schlimm Heuschnupfen hatte. Theresas Klasse ist im Museum und ich verbringe die große Pause im Leseraum – sitze auf dem Boden zwischen den letzten beiden Regalen und blättere in einem Bildband über Tropenfische. Meine Kehle fühlt sich eng an, als müsste ich gleich weinen, aber im Herzen spüre ich nix. Bin völlig ruhig, wie auf Valium.

Als ich nach Hause komme, rieche ich Hackbraten. Ich stelle meine Tasche ab und kicke meine Ballerinas unter die Garderobe. Mam schaut aus der Küche.

»Hallo«, sagt sie.

Ich antworte nicht, setze mich nur an den Tisch. Sie tut auf. Es duftet himmlisch, aber ich hab schon wieder Magenstechen.

»Hattest du einen guten Tag?«, fragt sie.

Ich probiere einen Happen, salze ein bisschen, tue so, als wär ich allein. Mam nimmt einen Schluck Wasser. Aus dem Augenwinkel sehe ich, dass ihre Hand zittert.

»Es war was im Briefkasten für dich«, sagt sie. »Ein kleines Päckchen. Ich hab's dir vor die Tür gelegt.«

Von Marek?, will ich fragen, halte aber den Mund. Esse weiter, als hätte ich sie nicht gehört.

In dem Moment, wo ich aufstehe, um meinen Teller in den Geschirrspüler zu räumen, sagt Mam: »Meinst du, wir könnten kurz reden? Über was passiert ist?«

Ich ignoriere die Frage.

»Schätzchen?«

»Hab Hausaufgaben.«

Sie nickt.

Das Päckchen ist flach, eher ein Umschlag, gefaltet aus dem Sportteil der Zeitung. Jemand hat mit Kuli ANNIKA darauf geschrieben. Ich knibbele das Tesa ab und wickele ein Foto von einem schwimmenden Elefanten aus. Das Bild ist unter Wasser aufgenommen, der Elefant sieht aus, als würde er schweben. Verrückt. Hinten auf dem Bild klebt ein Zettel. *Na gut, Freunde*, steht da, ohne Unterschrift. Ich weiß auch so, von wem er ist.

Ich hole das Telefon. Erst als ich schon auf *Hörer abnehmen* gedrückt habe, fällt mir ein, dass ich Chris' Nummer gar nicht habe. Ich muss im Telefonbuch gucken.

»Hab das Bild gekriegt«, sage ich.

»Ja?«

»M-hm.«

Ich glaube, er wartet auf mehr, aber mir ist plötzlich ganz

heulerig. Als ich nichts sage, fragt er: »Wie geht's denn so?«, und ich fange an zu weinen. Wahrscheinlich denkt er, seinetwegen.

»Hey«, sagt er leise. »Was is'n?«

Ich wische mir mit dem Ärmel übers Gesicht.

»Ach, meine Eltern.«

»Nerven?«

»Streiten nur noch. Mein Vater ist für ein paar Tage weg.«

»Echt?«

»Ja. War ziemlich schlimm in letzter Zeit.«

»Hat Marek auch gesagt.«

»Meine Mutter meint immer, sie muss alles managen, und sie weiß alles besser, und wenn man's nicht macht, wie sie's will, geht alles schief und kaputt. Sie meint, wenn sie zwei Minuten wegguckt, fliegt das Haus in die Luft.«

»Marek hat das auch gehasst.«

»Ich weiß, deswegen ist er ja gegangen.«

»Nee, nicht deswegen.«

»Doch, klar.«

»Nee, er wollte weg aus der Pampa. Die Welt sehen. Kati hat's ihm leichter gemacht, aber nach Amerika wäre er auch so.«

»Meinst du?«

»M-hm.«

Ich angele mir ein Taschentuch.

»Naja, wie auch immer. Danke für den Elefanten.«

»Bitte schön.«

Ich putze mir die Nase.

»Du«, sagt Chris.

»Ja?«

»Übermorgen spielt Music Machine im Blockschock. Die Band, die wir im Auto gehört haben? An Mareks letztem Abend? Die machen eine Europa-Tournee. Hättest du da vielleicht Lust drauf?«

»Schon, aber mitten in der Woche kann ich abends nicht so lange weg.«

»Du bist bestimmt um zehn, halb elf wieder zu Hause.«

»Hm. Muss fragen, ob das geht.«

»Hast du eigentlich meine Handynummer?«

»Nee.«

Er gibt sie mir, und ich verspreche zu schreiben.

* * *

Der Plastikmessbecher tanzt auf der Waschmaschine. Er steppt in kleinen Kreisen, bewegt sich langsam Richtung linke hintere Ecke und dreht kurz vor dem Absturz um, als hätte er sich's anders überlegt. Die Maschine legt noch einen Gang zu, und der arme Becher dreht durch, rattert auf der Stelle, bis er umkippt. Ich werfe ihn in die Waschmitteltüte.

Als ich die Wäsche aufgehängt habe, schleiche ich durch die Diele und renne die Treppe hoch. Will Mam nicht begegnen.
Ich weiß, dass sie auf mich wartet. Sie möchte mit mir reden, über was passiert ist, ich will aber nicht.

KAPITEL 13

»Hast du das von Rita aus der Elften gehört?«, fragt Theresa.
Wir lümmeln bei ihr auf dem Sofa, schaufeln Spaghetti in uns rein. Hatte keine Lust auf Mittagessen mit Mam.
»Was?«, frage ich.
»Ist schwanger.«
»Echt? Woher weißt du das?«
»Von Sophie. Angeblich hat sie drüber nachgedacht, ob sie's behält.«
Ich schüttele mich, frage: »Und?«
»Nee, wohl doch nicht.«
»Stell dir mal vor, du müsstest mit deiner Mutter zur Abtreibung …«
»Oh Gott.«
Ich lecke meine Finger ab, sage: »Meine Mutter fände das super, die wär da voll in ihrem Element: Ich in Schwierigkeiten und sie holt die Kartoffeln aus dem Feuer.«
»Meine wär total genervt. *Das hat mir grade noch gefehlt. Glaubst du, Zeit wächst auf Bäumen? Wozu hab ich dir eigentlich die ganzen Aufklärungsbücher gekauft?*«

Wir machen Kotzgeräusche.
»Apropos«, sage ich. »Wie geht's eigentlich mit Gregor?«
»Apropos ich übergeb mich gleich?«
»Schon in Erfahrung gebracht, ob er was taugt im Bett?«
Sie schüttelt den Kopf. Ich hab das Gefühl, die Frage ist ihr unangenehm. Vielleicht hat er doch nicht soviel Interesse an ihr.
»Ich geh das eher langsam an«, sagt sie.
Wir essen.
»Wie läuft's mit Chris?«, fragt sie.
»Sind Freunde.«
»Nicht mehr verliebt?«
Mein *Nee* klingt wenig überzeugend.
»Hab gehört, er hat Schluss gemacht mit Luna«, sagt Theresa.
»M-hm.«
»Aber?«
»Hat einfach keinen Sinn. Weil er weggeht.«
Theresa greift sich an die Stirn, als hätte sie einen plötzlichen Hirnkrampf.
»Wie alt bist du? Dreißig? Vierzig? Schwer enttäuscht von tausend missratenen Affären? Mann, Annika, das ist doch *die* Gelegenheit für 'ne schöne Sommer-Romanze!«
»Nee, wirklich …«
Sie sagt: »Du glaubst wahrscheinlich, du wärst vernünftig, oder?«

Ich antworte nicht.

»Seht ihr euch denn?«

»Ja. Morgen zum Beispiel.«

Sie hält ihren Zeigefinger hoch, angelt eine flache Holzbox von der Truhe neben dem Sofa. In der Box liegen vier Reihen winziger Fläschchen, eingebettet in dunkelblauen Samt.

»Hat meine Mutter im Internet ersteigert. Sind angeblich die besten Parfums der Welt.«

Sie nimmt ein Fläschchen und tupft sich einen Tropfen aufs Handgelenk.

»Das mag ich am liebsten. Wär das vielleicht was für morgen?«

Sie hält mir ihre Hand hin.

»Für dich trag ich auch kein Parfum«, sage ich.

Sie rollt die Augen.

»Du hast ein Date mit einem der coolsten Jungen der Schule!«

»Kannst du bitte aufhören damit? Das ist kein Date!«

»Okay. Okay.«

Sie gibt auf. Steckt das Fläschchen zurück in den Samtboden.

»Kann ich trotzdem riechen?«, frage ich.

»Von mir aus.«

Ich schnuppere. Frisches Baguette, Honig …

»Mmm.«

»Gefällt's dir?«
»Bisschen süß, aber lecker.«
»Will man sich doch glatt auf die Zunge träufeln, oder?«
Ich nicke.
»Ich hab mal gehört, dass man abnimmt, wenn man Düfte trägt, die nach Süßigkeiten riechen«, sage ich.
»Wozu willst *du* denn abnehmen?«
»Will ich ja gar nicht. Ich find's nur interessant. Wieso das wohl so ist? Hat man einfach keine Lust mehr auf Süßkram, wenn man ständig Zucker in der Nase hat?«
»Vielleicht.«
Ich überlege.
»Vielleicht würde das ja auch mit Farben funktionieren. Wenn man sich nur noch in Zimmern aufhält, die in so 'nem ganz kitschigen, klebrigen Rosa gestrichen sind – vielleicht will man dann nur noch salzige Sachen essen.«
»Ja, Chips und Erdnüsse. Super Diätplan.«
Ich lache.
Wir gehen die ganze oberste Reihe durch, bis ich nichts mehr unterscheiden kann.
»Kann man hiervon besoffen werden?«, frage ich.
»Wenn man die alle trinkt, bestimmt.«
»Ich meine von den Alkoholmolekülen, die man einatmet. Ich glaub, ich hab 'nen Schwips.«
»Quatsch. Lauf mal den Streifen auf dem Teppich lang.«

Ich stelle mich an die Kante und setze langsam einen Fuß vor den anderen. Ganz schön wacklig. Ich fange an zu lachen.
»Du musst normal gehen, nicht wie 'ne Schnecke.«
Ich lache immer mehr.
»Was is'n mit dir los?«
Theresa macht vor, wie man richtig läuft und aus irgendeinem unerfindlichen Grund sinke ich vor Lachen auf den Boden. Theresa steht über mir, die Hände in den Hüften.
»Und am 4. Juli, wenige Wochen vor ihrem sechzehnten Geburtstag, verlor Annika Müller den Verstand.«
Ich liege mit dem Gesicht im Teppich und gackere, Gott weiß, warum. Dass Theresa sich im Schneidersitz neben mich hockt und zuguckt, hilft nicht. Immer, wenn ich denke, jetzt hab ich mich im Griff, sehe ich sie an, und pruste wieder los. Ich hab schon richtig Bauchschmerzen, als das Telefon klingelt.
Theresa geht ran. Sie redet kurz, dann bringt sie mir den Hörer. Das Lachen ist weg. Ich räuspere mich.
»Hallo?«
»Sag mal, kannst du nicht Bescheid geben, dass du das Mittagessen sausen lässt?«, fährt Mam mich an. »Ich warte hier. Denke, du bist überfahren worden, oder von einem Gerüst erschlagen, oder … Ich hab dir schon drei SMS geschickt!«

»Handy ist aus.«
»Seit wann machst du dein Handy aus?«
Seit heute.
Sie fängt an zu heulen.
»Tut mir leid«, sage ich.

* * *

Als ich nach Hause komme, ist Lisa da. Sie sitzt mit Mam in der Küche und hält ihre Hand. Mam weint immer noch.
»Na, Prinzesschen«, sagt Lisa.
»Lass«, sagt Mam.
»Ich hasse Teenager.«
Ich verziehe mich auf mein Zimmer und werfe den Computer an. Skype meldet, dass Marek mit mir reden will. Huch.
Er hat einen Sonnenbrand.
»Na?«, sagt er und lächelt mich an, als wäre alles toll. Als würde er nicht seit Wochen ignorieren, was ich schreibe. *Dass* ich schreibe.
»Hallo«, sage ich.
»Hab deine SMS gekriegt. Wegen Papa.«
»Ah.«
Er zündet sich eine Zigarette an. Hat wohl nicht geklappt mit dem Aufhören.

»Du klangst etwas panisch.«
»Naja, ich weiß halt nicht, was ich jetzt machen soll.«
»Deinen Kram. Klink dich aus, denk an was anderes.«
»Tu ich ja, aber …«
»Dann ist doch gut.«
»Von wegen.«
Er macht an seinem Handy rum, sagt: »Du kannst es nicht ändern, Annika. Wenn sie sich trennen wollen, trennen sie sich. Egal, wie du das findest.«
»Weiß ich doch, aber …«
»Vielleicht wär's ja besser, wenn er auszieht. Dann hören sie wenigstens auf zu streiten.«
»Du fändest das ganz in Ordnung, oder wie?«
»Ist mir ziemlich egal, ehrlich gesagt.«
»Glaub ich dir nicht.«
Er pickt ein Stückchen Zigarettenpapier von seiner Lippe, sagt: »Du grübelst zu viel.«
Und du hast leicht reden.
Wenn ich in New York wäre, würde ich bestimmt auch nicht grübeln. Ob ich fragen soll?
»Ich muss los«, sagt er und drückt die angerauchte Zigarette aus.
Jetzt oder nie.
»Warte«, sage ich.
»Was?«
»Du hast doch gemeint, ich soll kommen, wenn's zu blöd

wird hier. Ich könnte Mam und Papa fragen, ob sie mir die Reise sponsern. Die haben jetzt bestimmt so ein schlechtes Gewissen … Ich könnte dich in den Ferien besuchen, wir könnten –«

»Das wird nicht gehen«, unterbricht er.

»Wieso?«

»So eben.«

Er guckt auf die Uhr.

»Bin spät dran«, sagt er.

Die Tränen sitzen bereit zum Loslaufen.

»Okay«, sage ich.

»Bis denn.«

Und weg ist er. Bin gar nicht dazu gekommen, zu fragen, wo er ist, was er macht. Wir haben ganze zwei Minuten und zwölf Sekunden geredet.

KAPITEL 14

Wir wissen beide nicht so genau, wie wir uns begrüßen sollen. Mit Anfassen oder ohne? Erst hat Chris die Hände in den Hosentaschen, dann vergrabe ich meine in der Jacke, und er hebt die Hand.

»Hallo«, sagen wir gleichzeitig und lachen.

»Komm rein, bin gleich fertig.«

Ich wetze noch mal rauf in mein Zimmer, Wimperntusche auftragen. Vielleicht hätte ich doch eins von Theresas Parfums mitnehmen sollen. Ich tupfe mir ein bisschen Creme auf den Hals, die duftet auch gut.

Als ich runterkomme, steht er mit Mam in der Küche. Sie hat immer noch rote Augen.

»Ich habe Chris gerade gesagt, wie sehr ich mich freue, ihn zu sehen«, sagt sie.

»M-hm«, mache ich.

Ich will los.

»Hörst du manchmal was von Marek?«, fragt sie ihn.

»Wir skypen.«

»Geht's ihm gut?«

»Ich glaub schon.«

»Wo ist er denn im Moment?«

Ich fasse Chris am Arm, frage: »Kommst du?«

»Gleich«, sagt er und wendet sich wieder Mam zu. »Er ist noch in New York.«

»Ahhh.«

Sie blinzelt neue Tränen weg.

»Wir müssen los«, sage ich.

Er schaut zu Mam, als wäre er nicht sicher, ob wir sie alleine lassen können.

»Jetzt geht schon«, sagt sie. »Sonst kommt ihr noch zu spät.«

Das Blockschock ist im Keller einer alten Villa. Ich war hier mal auf einer Schülerparty. Möchte nicht wissen, wie viele Leute schon in den Rhododendron gereihert haben. Von dem Poster am Eingang gucken uns fünf arrogante Typen mit Beatlesfrisuren an. Huch. Ich hab mir die ganz anders vorgestellt.

»Das ist der Sänger«, sagt Chris und zeigt auf den in der Mitte.

Der Raum ist fast dunkel, nur die Bar wird warm beleuchtet. Aus den Boxen dudelt leise Country-Musik. Wieso ist hier so wenig los? Die paar Leute zwischen den Säulen – sieht ziemlich trübe aus.

»Sind wir zu früh?«, frage ich.

Chris zuckt mit den Schultern.

»Kennt halt keiner.«

Wir setzen uns an den Tresen und Chris spendiert mir eine Cola. Ich begucke die Muffins, die unter einer Glasglocke am Ende der Theke aufgetürmt sind.

»Du willst einen«, sagt er.

»Meinst du?«

»Du hast dieses Zuckermonsterglitzern in den Augen. Das *Wenn-ich-nicht-sofort-Kuchen-kriege-passiert-was-*Blitzen.«

»Tatsache?«

»Ja. Weißt du, dass das gefährlich ist?«

»Nur wenn's keinen Kuchen gibt.«

Chris rollt dem Barkeeper zwei Euro hin, geht zu der Glasglocke und nimmt den obersten Muffin raus. Ich breche ihn in der Mitte durch und halte Chris die Hälfte hin.

»Sicher?«, fragt er.

Ich nicke. Bin erleichtert, dass wir wieder normal miteinander reden können. Es ist wie immer, nur dass wir halt alleine sind, ohne Marek. Johnny Cash besingt den *Ring Of Fire*. Wir krümeln die Theke voll.

»Ich träum manchmal von Kuchenbüfetts«, sage ich.

»Wieso überrascht mich das nicht?«

»Ist aber immer total frustrierend.«

»Zu wenig Auswahl?«

»Ich komm nicht zum Essen. Ich belade meinen Teller mit Eclairs und Windbeuteln und Torte, und in dem Moment, wo ich den ersten Bissen in den Mund nehmen will, wach ich auf. Wirklich immer. Manchmal denk ich sogar, Mensch, jetzt hab ich schon so oft von ’nem Kuchenbüfett geträumt, gut, dass dieses hier real ist. Und dann wach ich *wieder* auf.«

Chris lacht.

»Kannst meine Oma fragen, was das heißt. Die schreibt seit dreißig Jahren ihre Träume auf.«

»Echt? Wozu?«

»Sie meint, die wollen ihr was sagen. Hat mir schon viele gute Tipps gegeben. Nur zu meinem Tür-Traum fällt ihr nichts ein.«

»Deinem Tür-Traum?«

»Ich bin auf der Flucht, renne in ein Haus und verriegele die Tür, mit Schlüsseln, Ketten, Bolzen, allem, und dann geht sie von alleine wieder auf. Hab ich schon hunderttausendmal geträumt. Ganz selten hält die Tür und ich denke, wow! Die Tür hält! Unglaublich! Aber dann brechen die Wände weg, oder das Haus ist nur ’ne Kulisse, nach hinten offen.«

»Wie grässlich!«

Er sieht nachdenklich aus, ein bisschen bedrückt. Schnippt einen Krümel von der Theke.

Soll ich fragen, was dann passiert?

»Was träumst du am liebsten?«, fragt er.

»Dass ich fliege.«

»Wie fühlt sich das an?«

»Hast du noch nie geträumt, dass du fliegst?«
»Nee.«
Ich gucke, ob der Barmann zuhört.
»Manchmal ist es schwer, in Gang zu kommen«, sage ich. »Dann muss ich mich unheimlich anstrengen, mit den Armen rudern, es richtig wollen. Manchmal geht's aber auch ganz leicht.«
»Fliegst du schnell, auf ein Ziel zu, oder flatterst du eher so rum?«
»Kommt drauf an. Willst du das wirklich wissen?«
»Ja!«
»Hm. Wenn ich vor was fliehe, düse ich ziemlich, aber ich bin auch schon gemütlich im Gleitflug über die Landschaft gesegelt, oder hab in erleuchtete Fenster geguckt.«
Chris grinst.
»Ach ja?«
»Gab aber nix Interessantes zu sehen.«
»Das soll ich dir glauben?«
Ich werfe ihm einen Krümel an den Kopf und er packt mich, zieht mich vom Hocker. Wir rangeln, bis ich so lache, dass ich mich nicht mehr wehren kann. Mein Herz wummert, ich spür das Blut in meinen Fingern pulsen. Dann sehen wir uns an, verlegen und rot im Gesicht, und er lässt mich los.
Die Konservenmusik geht aus. Vier Typen und eine Frau, alle in Schwarz, schlendern auf die Bühne. Die Frau geht

ans Keyboard, die Typen hängen sich Gitarren um, und dann kommt ein alter Mann mit Hut, Bart und langen grauen Haaren und schnappt sich die Gitarre in der Mitte. Vielleicht ein Roadie, der noch stimmen muss. Er stellt sich ans Mikro.

Hä? Ich hab nix von 'ner Vorband gelesen. Ich sehe Chris an.

»Was?«, fragt er.

»Das sind doch nicht die Leute auf dem Poster.«

»Naja, der Sänger halt und 'ne neue Band.«

Ich stehe mit offenem Mund da und glotze. Hat Chris doch glatt vergessen zu sagen, dass Music Machine schon ein paar Jahrzehnte alt ist. Deswegen die Pilzköpfe auf dem Foto. Wann waren die Beatles?

Das erste Stück ist hart und schnell, und der alte Mann singt mit einer tiefen, rauen Stimme. Kein bisschen gebrechlich. Der Laden ist so winzig, dass es keinen Sicherheitsgraben um die Bühne gibt. Man kann bis ganz nach vorne und die Monitore anfassen. Sie vibrieren unter meinen Händen. Ich mache die Augen zu und fange an zu tanzen.

Nach dem ersten Lied sagt der Sänger: »Well, bless your hearts. Thank you for coming this evening!«

Er verbeugt sich, und das Publikum grölt.

Ich schaue mich um. Die anderen sind auch vorgekommen, sodass wir nicht mehr so nach versprengtem Haufen aussehen. Jemand schreit: »Music Machine!«, und alle lachen. Chris ist ganz nah neben mir, unsere Arme berühren sich. Bin froh, dass ich meine Jacke ausgezogen hab.

Nach dem Konzert, als sich die Band an die Bar gesetzt hat, kramt Chris eine CD und einen Edding aus seiner Tasche und geht zu dem Sänger hin. Sie reden, und Chris bekommt ein Autogramm. Dann winkt er mich zu sich.

»This is Annika«, sagt er zu dem Sänger.

»How kind of you to come«, sagt der zu mir.

»Ähm, thank you«, sage ich.

Er nickt uns zu und hebt sein Bier, und Chris strahlt, als hätte er den Hauptpreis beim Teddyschießen auf der Kirmes gewonnen. Den Riesenpanda.

KAPITEL 15

Papa will mit Mam reden, und ich soll eine Stunde aus dem Haus gehen, damit ich nicht lauschen kann. Sagt er so! Ich drehe eine Runde auf dem Rad und kehre mit verknotetem Magen zurück. Papa ruft mich in sein Arbeitszimmer, wir setzen uns aufs Sofa.

»Es ist so«, fängt er an.

Ich warte.

Papa walkt seine Hände. Er sieht nervös aus.

»Du hast ja mitbekommen, dass es in letzter Zeit sehr schwierig war für deine Mutter und mich. Ich hab die Woche über – länger schon – nachgedacht, wie es weitergehen soll, wie ich leben möchte. Und wie nicht. Und ich bin zu dem Schluss gekommen, dass ich ein bisschen Abstand brauche. Dass es besser ist, wenn ich eine Weile ausziehe.«

»Aber das hast du doch schon gemacht.«

»Wenn ich richtig ausziehe.«

Ich schlucke.

»Besser für wen?«, frage ich.

»Hm. Für mich. Erst mal für mich. Aber ich denke, deiner

Mutter und dir wird es auch bessergehen, wenn diese dauernden Streits aufhören.«

Ich habe Mühe, normal zu atmen, meine Lunge fühlt sich an wie eine verschrumpelte Pflaume. In meinem Kopf schwirren wirre Gedanken umher: Ist der Plural von Streit Streits? Oder Streite? Papa sieht aus, als wollte er rauchen. Wann hat er aufgehört? Da muss ich zehn oder elf gewesen sein. Der Lack auf meinen Zehennägeln blättert schon wieder. Ob mir Türkis stehen würde?

Papa nimmt meine Hand.

»Wir sehen uns, wann immer du möchtest«, sagt er. »Wenn ich eine Wohnung habe, kannst du da auch übernachten.«

»Du mietest eine Wohnung?«

»Naja, ich kann ja nicht ewig bei Urs bleiben.«

Aber in einer Wohnung, da kann er ewig bleiben, oder wie? So viel zu *ein bisschen Abstand*.

Papa redet noch eine Weile, aber ich höre kaum noch zu, will nur noch raus, weg.

Chris sagt sofort, dass er kommt. Wir treffen uns bei den Mülltonnen an der Wiese und laufen hoch in den Wald. Klettern auf einen Schießstand, gucken durch die Scharten.

»Weißt du, was ich mache, wenn ich richtig wütend bin?«, fragt er.

»Gegen Hauswände treten?«

»Jaaa ... oder ich geh in den Wald und brülle.«
»Wie bitte?«
»Ich brülle. Schreie. So laut ich kann.«
»Wozu?«
»Na, damit die Wut rauskommt. Und nicht mehr in mir Amok läuft.«
»Aha.«
»Ist echt gut.«
»Wenn du meinst.«
»Willst du's versuchen?«
»Jetzt?«
»M-hm.«
»Hier?«
»Na klar hier.«
»Aber ...wenn das jemand hört, muss er doch denken, du willst mich abmurksen.«
»Hier ist niemand.«
Ich horche. Nur Vögel und Wind.
Ich räuspere mich.
»Was soll ich denn schreien?«
»Was du willst.«
»Mir fällt nix ein.«
»Also, ich stell mir immer den Menschen vor, auf den ich wütend bin, und schreie *Du blödes Arschloch!* oder so. Einfach nur *Aaarrrgghhh* geht aber auch.«
»Hm.«

»Probier's einfach.«

Ich räuspere mich wieder. Wow, komm ich mir doof vor.

»Könntest du's vielleicht vormachen?«, frage ich.

»Soll ich?«

»Ja.«

Er dreht sich weg. Ich sehe, wie er einatmet. Dann brüllt er in einer unglaublichen Lautstärke: »DIESES BLÖDE ARSCHLOCH!!!«

Hilfe. Ich mache einen Schritt zurück, stoße gegen die Rückwand des Hochstands. Chris lacht mich an.

»Jetzt du.«

»Nee, ich kann das nicht.«

»Natürlich kannst du das.«

Ich schüttele den Kopf. Wieso heul ich denn jetzt?

»Was ist?«, fragt Chris.

Ich zucke mit den Schultern. Er legt die Hand an meine Backe.

»He, Annika.«

Ich will mich zusammenreißen, die Tränen runterschlucken, cool sein, aber … keine Chance. Ich heule, als hätte ich meine Eltern verloren, und Chris hält mich fest.

KAPITEL 16

Papa versucht mindestens einmal am Tag, mich auf dem Handy zu erreichen, aber ich gehe nicht ran. Was soll ich auch mit ihm reden? Dass meine Mutter zum Zombie mutiert ist? Dass hier alles auseinanderfällt? Wird ihn kaum interessieren.

Jeden Tag geht was anderes schief in der Pension: Dienstagfrüh ist der Kaffee alle. Ich muss mit dem Fahrrad zum Supermarkt pesen, damit die Gäste nicht auf dem Trockenen sitzen, und verpasse die erste Hälfte Bio. Als ich nach Hause komme, stehen die Frühstückstabletts immer noch im Gang.

Mittwoch vergisst Mam, dass jemand auschecken will, und verlässt das Haus ohne abzurechnen. Der Mensch ist so nett und legt die Kohle auf den Tresen in der Küche.

Donnerstagabend finde ich gammlig riechende Bettwäsche in der Maschine und Mam vergisst, die Einkaufsliste auf die Kühlschranktafel zu schreiben, ich muss selber gucken, was wir brauchen.

Sie glotzt immer nur aus dem nächstbesten Fenster. Am liebsten würde ich eine Rundmail schicken, dass wir für

den Rest des Sommers geschlossen haben. Betreff: Familienunfall, mit Totalschaden.
Die Klimaanlage im Bacio ist hyperaktiv, wenn ich noch lange hier sitze, kriege ich Frostbeulen. Hoffentlich ist es im Kino weniger eisig.
Theresa versucht, mich zum Lachen zu bringen – die letzten drei Kunden hat sie auf Bayrisch bedient, aber ich kriege den Kopf nicht aus der dunklen Wolke. Vorhin hab ich eine ganze Stunde gewartet, dass Marek sich auf Skype einloggt. Ich hatte gefragt, ob wir reden können, und er hatte *Ja* geantwortet, aber dann kam doch kein Anruf.
Ich schlecke Sahne pur und blättere in einer dämlichen Frauenzeitschrift, in der es nur um Diäten und angebliche Babybauch-Ansätze bei irgendwelchen Stars und Adligen geht. Nicht mal dieser destillierte Schwachsinn heitert mich auf. Ich hab mal wieder das Gefühl, dass ich das letzte Lebewesen in der Wüste bin.
Um sieben endlich kommt die Chefin, und Theresa setzt sich mit einem Eiskaffee zu mir. Sie legt die Beine hoch.
»Als Nächstes mach ich einen Laufjob. Zeitungen austragen oder so. Ich will nicht Beine wie meine Oma kriegen, mit Venen, die aussehen wie Nabelschnüre.«
»Boah, Theresa! Ich esse!«
Sie massiert ihre Waden.
»Hast du so was mal aus der Nähe gesehen? Krampfadern? Ist echt eklig, die kommen so raus …«

»Hör auf!«

»Kein Humor heute? Na gut.«

Ich löffele, sie studiert den Kinoplan auf ihrem neuen Handy.

»Willst du was Dramatisches oder was Lustiges?«

»Lustig. Aber gut lustig, nicht fremdschäm-peinlich lustig.«

»Ach, Mensch, wo ich peinlich so liebe …«

Jetzt muss ich doch lachen.

Wir haben uns gerade auf eine englische Komödie geeinigt, als Theresas Handy klingelt. *Sophie* lese ich. Sie geht ran.

»He! … Nee, bin fertig … ja, genau …und du?«

Sie dreht mir den Rücken zu, macht »m-hm« und »verstehe«.

Ich kratze den letzten Rest Sahne aus dem Becher. Draußen schimpft eine Oma mit einem Mann, der bei Rot über die Straße gegangen ist. Sie tippt immer wieder auf das Schild *Kindern Vorbild sein*, dabei ist kein einziges Kind in Sicht.

»Jetzt gleich?«, fragt Theresa.

Sophie sagt noch was, dann legt Theresa auf und seufzt. Prognose: Sie hat doch keine Zeit für Kino.

»Was?«, frage ich.

»Mick hat mal wieder nicht rechtzeitig abgegeben, einen großen, wichtigen Artikel, und Sophie ist stinksauer. Hat eine Krisensitzung einberufen, ob er rausfliegt. Ich soll in zehn Minuten da sein.«

»Toll.«

»Können wir Kino vielleicht verschieben? Ich lad dich auch ein … Das ist wirklich wichtig jetzt.«

Ich kann nicht erkennen, was so irre wichtig daran sein soll, ob Mick aus der *Chronisch* verbannt wird, aber Theresa hat sich schon entschieden.

»Magst du vielleicht mitkommen?«, fragt sie.

»Was soll ich denn da?«

»Weiß nicht. Dabei sein halt.«

»Nee, danke.«

»Bist du sehr sauer, wenn ich gehe?«

Ich schüttele den Kopf.

Sie umarmt mich.

»I'm so sorry! Wir holen das nach!«

Als sich die Türen der Straßenbahn hinter ihr geschlossen haben, steige ich aufs Rad und holpere die flachen Stufen zum Fluss runter. Will ein bisschen die Füße ins Wasser hängen. Im struppigen Gras liegen Bierdosen und Kippen, die Überreste eines Happy-Meals wehen an mir vorbei. Ich lasse mich flussabwärts durch die Brückenbögen rollen und tue mir leid.

* * *

Mam steht vor dem offenen Gefrierfach und betrachtet die Eisformationen. Oder so.

»Mam?«

Keine Reaktion.

Ich knalle das Gefrierfach zu.

»Annika!«

Hab sie erschreckt. Sehr gut. Ich schiebe sie zur Seite und nehme die Butter aus dem Kühlschrank. Käse, Wurst, Meerrettich … ich decke den Abendbrottisch. In Zeitlupe bewegt sich Mam zum Wasserkocher, trägt ihn zur Spüle, lässt Wasser einlaufen. Guckt, wie es rauscht. So viel brauchen wir gar nicht. Ich drehe den Hahn zu und nehme ihr den Kocher aus der Hand.

Später, als die Glocke an der Rezeption läutet, bleibt sie taub vor ihrem Teller sitzen, die Hände im Schoß, und starrt aus dem Fenster. Ich laufe vor zum Büro, wo Frau Laurent auf mich wartet. Ihr Mann ist unter der Dusche, sie haben keine Handtücher. Ich gebe ihr welche und entschuldige mich.

»Die Laurents hatten keine Handtücher«, sage ich zu Mam.

Sie guckt mich an, als wäre ich ein sprechendes Okapi.

»Die Leute, die heute Morgen gekommen sind.«

Sie runzelt die Stirn. Ich stelle mir vor, wie die eine aktive Hirnzelle in ihrem Schädel herumkullert. Am liebsten würde ich sie schütteln, sie anschreien, dass sie

schuld ist an allem, hier nicht das arme Opfer spielen braucht.
»Hast du ihnen welche gegeben?«, fragt sie.
»Nee, *Pech*, hab ich gesagt.«

* * *

Eine Mail von Marek:

Sorry, hab's vorhin nicht geschafft. Bin auf T-Shirt-Tour, mit Dan. Ziehen Richtung Westen. Time to make some money. So long.

Ich versteh kein Wort. Spielt Marek neuerdings in einer Band? *The T-Shirts*? Und wer ist Dan? Geht's vielleicht noch ein bisschen kryptischer?
Ich gehe rüber in sein Zimmer, klettere aufs Fenstersims und rufe Chris an. Er nimmt sofort ab.
»Ich wollte dich grade anrufen«, sagt er.
»Echt?«
»Ja, echt. Hatte einen Riesenkrach mit meinen Eltern.«
Seine Stimme klingt anders als sonst, bröckelig irgendwie.
»Meine Mutter hat meine Lieblingsjacke weggeworfen. Weil sie ein paar Flecken hatte.«
»Deine Jeansjacke?«

»M-hm. Hat sie beim Abendessen erzählt, so ganz nebenbei. Ich bin sofort in die Küche und hab den Mülleimer ausgekippt. Meine Mutter hat rumgeschrien, ob ich noch ganz dicht wär, und ich hab zurückgeschrien, sie soll mir sagen, wo meine Jacke ist.«

»Und?«

»Sie hat sie in die Altkleidersammlung gegeben. Für 'nen Afrikaner ist so 'ne Fleckenjacke nämlich was ganz Tolles. Wahrscheinlich hat sie noch ein Schildchen drangehängt: *großherzig gespendet von Gitte Böttcher.*«

»Die hattest du doch schon ewig.«

»Tja.«

»Und dein Vater?«

»Der hat erst mal gesagt: *Lasst uns essen, das wunderbare Gulasch wird kalt*, aber kaum saßen wir wieder, fing er damit an, wie egoistisch ich bin, und dass er gerne wüsste, was sie falsch gemacht haben, ich wär doch früher so einsichtig gewesen … *Alle Mühe war vergebens,* hat er gesagt. Und: *Ich habe dich schon lange aufgegeben.*«

»Oh, Gott.«

»Egal.«

»Nicht wirklich.«

»Kennst du das Gefühl, du müsstest nie wieder atmen? Wenn dein Körper keinen Sauerstoff mehr will?«

»Nee.«

»Ich hab vor meinem Gulasch gesessen und meine Eltern

reden sehen, aber irgendwie war ich gar nicht mehr richtig da. Ich hab bestimmt vier Minuten nicht geatmet. Ich dachte: *Will ich noch mal Luft holen? Oder lass ich's bleiben?* Das war so 'ne ganz nüchterne Überlegung, wie: *Brauch ich neue Schuhe*?«

»Und dann?«

»Hab ich an den Film gedacht, den ich schon so lange plane. Dass der nicht gedreht wird, wenn ich jetzt nicht weiteratme. Da ist die Luft langsam wieder in meine Lungen geströmt.«

»Glaubst du, du hättest wirklich aufhören können zu atmen?«

»Nee, hat sich aber so angefühlt.«

»Verrückt.«

Soll ich ihm von dem Wüstengefühl erzählen? Oder ist das zu seltsam?

Ist zu seltsam.

Nach einer Weile Schweigen fragt er, was bei mir ist, und ich erzähle vom verkorksten Kinoabend. Tut gut, mit ihm zu reden.

»Schön, dass du angerufen hast«, sagt er.

»Finde ich auch.«

Er lacht, ganz leise und nah.

KAPITEL 17

Ich bin auf dem Klo, als Chris klingelt. Beeile mich, damit Mam ihn nicht zu lange nerven kann. Als ich rauskomme, stehen sie unten in der Diele und reden leise miteinander. Er hat seine Hand an ihrem Arm. Erzählt sie ihm, dass sie heute früh den Feueralarm getriggert hat, weil sie das Rührei auf dem Herd vergessen hat? Oder geht es wieder um Marek?

Ich springe die letzten fünf Stufen. Mam fährt vor Schreck herum.

»Hi«, sagt Chris.

Er küsst mich auf die Backe. Mein Herz macht einen Satz.

»Laufen oder Fahrrad?«, fragt er.

»Laufen.«

Die Luft flirrt. Es ist so heiß, dass der Asphalt angefangen hat zu schmelzen.

»Wow«, sage ich.

Chris lacht.

Wir wechseln auf die Schattenseite. Überall quellen Rosen über die Zäune, ein Kind planscht in einem Minipool. Es guckt uns vorwurfsvoll an, als wären wir an diesem Wetter schuld.

»Ich hab ein Zimmer gefunden«, sagt Chris. »In München.«

Ich schlucke.

»Wie hast du das denn gemacht?«

»Über 'ne WG-Seite. Die haben mir 'ne Video-Tour gegeben.«

»Ah.«

»Ist ziemlich klein, aber dafür hat's ein Hochbett.«

»Cool«, murmele ich.

Ich hatte mich so gefreut, ihn zu sehen, und jetzt bin ich auf einmal ganz traurig. Wir gehen einen Block ohne zu reden. An der Ampel bei der großen Kreuzung fragt er: »Was is'n?«

Ich schüttele den Kopf. Am liebsten würde ich sagen: *Bitte geh nicht nach München*, aber was soll er damit schon anfangen? Er schaut mich eine Weile an, streicht mir eine Haarsträhne hinters Ohr. Ich bekomme Gänsehaut.

»Schöne Farbe«, sagt er. »Wie Rhabarberschorle.«

Ich schlucke die Traurigkeit runter, kann sie nicht gebrauchen.

Die Schlange im Bacio geht bis auf die Straße.

»Taugt das Erdbeereis?«, fragt Chris.

»Erdbeer ist gut, Joghurt auch, aber Schokolade schmeckt nach Kreide.«

»Woher weißt du denn, wie Kreide schmeckt?«
»Hab mal ein Stück gegessen.«
»Schulkreide?«
»M-hm.«
»Und wieso?«
Ich zucke mit den Schultern.
»Sah irgendwie lecker aus.«
Ich kriege das Mädchenschmelzgrinsen.
»Und?«
»Nee, musst du nicht probieren.«
Wir sind dran. Theresa zwinkert mir zu. Ich bestelle Joghurt und Kokos, Chris nimmt Erdbeer. Er zahlt gerade für uns beide, als ein Mädchen hinter uns »Hallo Chris«, sagt. Wir drehen uns um. Sie ist ungefähr so alt wie er, hellblond mit 'ner Zahnlücke.
»Hallo«, sagt er.
»Hast du meine Mail bekommen?«, fragt sie.
»Ja.«
Ist das eine seiner Verflossenen oder jemand Neues?
»Entschuldigung«, sagt der Mann hinter mir. »Macht ihr hier ein Kaffeekränzchen, oder darf ich auch was bestellen?«
Wir gehen ein Stück zur Seite.
»Ist das deine neue Freundin?«, fragt das Mädchen.
»Das ist Annika«, sagt Chris. »Annika: Luna.«
Wir sagen beide *Hallo*. Sie mustert mich kurz und wendet

sich wieder Chris zu. Fragt: »Können wir vielleicht noch mal reden?«

»Was soll das denn bringen?«

Sie fängt an zu weinen.

»Ich will halt verstehen, warum.«

Er legt ihr die Hand auf die Schulter. So langsam fühle ich mich unwohl.

»Wir haben doch schon geredet«, sagt er.

»Aber …«, schluchzt sie.

Chris sieht mich an.

»Ich warte draußen«, sage ich.

Ich lehne mich an die Hauswand. Hab keine Lust mehr auf Eis.

Ob alle Mädchen, mit denen Chris zusammen war, noch so an ihm hängen? Kriegt er vielleicht regelmäßig Anrufe von Exfreundinnen, die's noch mal versuchen wollen? Vielleicht gehört er zu den Leuten, die sich nur interessieren für das, was sie nicht haben können. Es soll ja Jungs geben, die ein Mädel so lange umgarnen, bis es sich in sie verknallt, und die dann – zack! – das Interesse verlieren. Kann ich mir irgendwie nicht vorstellen, dass Chris so drauf ist, aber wer weiß.

Mein Eis fängt an, mir über die Hand zu laufen. Ich schlecke ein bisschen und Luna kommt raus. Sie sieht mich nicht. Einen Moment steht sie unschlüssig auf dem Bürgersteig, dann rennt sie über die Straße. Ein Auto hupt.

»Wollen wir zum Brunnen?«, fragt Chris neben mir.
Um die Ecke vom trubeligsten Platz der Stadt, hinter der roten Kirche, ist ein kleiner Fleck, wo nie einer hinkommt. Ein Baum gibt Schatten, und der Brunnen ist perfekt zum Füßereinhängen. Wir streifen unsere Flip-Flops ab, klettern auf die Brüstung.
Chris ist ganz still geworden. Er isst sein Eis und ich bewege meine Beine im Wasser, mache Wellen und Strudel. Er beobachtet mich aus dem Augenwinkel.
»Was?«, frage ich.
»Ich bin kein Arsch.«
»Ähm –«
»Das denkst du doch jetzt, oder?«
»Wegen Luna?«, frage ich.
»M-hm.«
Ich schüttele den Kopf.
Chris beugt sich vor, fächelt das Wasser mit der Hand.
»Ich hab ihr damals gesagt, dass sie sich nicht in mich verlieben soll.«
»Ist halt schwer zu steuern.«
»Ich weiß. Aber ich hab nie behauptet, dass ich was Richtiges mit ihr will. Das war immer nur 'ne Affäre.«
»Musst du mir nicht erklären.«
»Doch. Sonst denkst du womöglich, ich hätte ihr groß was von Liebe erzählt und sie dann sitzengelassen.«
»Okay.«

Wir paddeln vor uns hin. Wenn sich unsere Füße berühren, bekomme ich jedes Mal einen Schlag. Ob's ihm auch so geht? Ich sehe ihn an.
Er sieht mich an.
Ich gucke wieder weg.
Das ist doch alles eine Fehlkonstruktion.

* * *

Von diesem Turm kann ich bis in die Alpen gucken. Irgendwie dachte ich immer, die wären aus Stein, aber jetzt sehe ich, dass sie aus gehärteter Milch bestehen. In der Schule lernt man echt nur Mist. Die Glocken läuten, direkt neben mir. Ist ja lustig, die spielen meinen Handy-Klingelton. Sie klingeln und klingeln und KLINGELN, bis ich kapiere, dass ich schlafe und aufwachen muss, weil Chris versucht, mich anzurufen. Ich krame mein Handy unterm Kopfkissen vor.
»Hallo, Annika.«
Shit. Mein Vater.
»Hallo«, murmele ich.
Ich linse zum Wecker.
»Papa, es ist – halb zwölf!«
»Ich weiß, aber ich bekomm dich ja sonst nicht an den Apparat.«
»Ist irgendwas passiert?«

»Ich wollte nur hören, wie's dir geht.«
Ich reibe mir die Augen, knipse meine Nachttischlampe an. So langsam wacht auch mein Ärger auf.
»Normal«, sage ich.
»Normal?«
»Na, es könnte ein bisschen kühler sein, wir schreiben morgen Englisch, ich hab ein neues Federmäppchen …«
»Annika.«
»Was??«
»Ich versteh ja, dass du sauer bist. Es tut mir wirklich furchtbar leid, dass das alles so … Ich hoffe –«
»Ja, ja«, unterbreche ich. »Schon gut.«
Ich habe einen Kloß im Hals, aber heulen kommt überhaupt nicht in Frage. Ich drücke meine Hand so fest zur Faust, dass es weh tut, das lenkt ab.
»Ich vermisse dich«, sagt er.
Als ich nicht antworte, sagt er: »Ich fände es schön, wenn wir uns bald mal sehen könnten. Zum Beispiel morgen oder Sonntag.«
»Hab ich schon was vor.«
»Den ganzen Tag?«
»So ziemlich.«
Er seufzt.
»Überleg's dir, ja? Wir könnten was essen gehen, oder ich komm vorbei –«
»Ich guck mal.«

»Ruf mich an oder schreib mir eine SMS.«

»M-hm.«

»Bestimmt?«

»Ja!«

»Gut.«

Ich weiß schon, was ich schreibe: *Keine Zeit.*

Ich sitze in einem amerikanischen Bus, fahre durch verschandelte Pampa, Shopping-Malls, so weit das Auge reicht. Wo ist Marek? Ich boxe mich durch die Menschenmenge, kann ihn nicht finden. Hat er keinen Platz mehr bekommen? Plötzlich merke ich, dass der Bus kein Bus, sondern eine Riesenradgondel ist. Ich schaue runter aufs Gewühl der Kirmes und entdecke meinen Vater. Wieso hält er mit der Frau da Händchen? Und wieso strahlt die ihn an, als hätte er ihr den Mond geschenkt? Ich versuche, das Fenster aufzumachen, rüttele und ziehe, aber es klemmt. Papa und die Frau winken. Arrrgh!

Ich taste nach dem Wecker: Vier Uhr morgens, der erste Vogel nervt schon.

Ob Träume die Wahrheit sagen? Könnte es sein, dass Papa eine Freundin hat? Zieht er vielleicht mit einer Frau zusammen? Ich komme mir vor wie der hinterletzte Naivling, dass ich noch nie darüber nachgedacht habe.

Die nächsten logischen Gedanken: Was passiert eigentlich, wenn sich meine Eltern scheiden lassen? Kann ich dann wählen, bei wem ich wohne? Verkaufen sie das Haus? Was macht Mam, wenn sie die Pension nicht mehr hat? Muss ich auf eine andere Schule, wenn ich umziehe?

Es geht rum und rum in meinem Kopf, und mein Magen sticht, als hätte ich ein fieses kleines Messer verschluckt. Das kann nicht gesund sein. Wahrscheinlich hat Marek recht: Ich sollte wirklich weniger grübeln, auch mal an was Schönes denken. An Butterblumen und Schmetterlinge und so Zeug. Zum Entspannen. Also:

Ich laufe über eine Wiese. Eine Wiese ohne Bierdosen und Kippen. Libellen schnurren an mir vorbei, wilde Erdbeeren leuchten im Gras, es duftet nach … hm, wonach könnte es duften? Nach Maiglöckchen vielleicht? Ja, nach Maiglöckchen. Muss ja nicht möglich sein. Da hinten auf dem Baumstamm sitzt jemand, den ich kenne. Ich laufe durch das Maiglöckchenmeer und setze mich neben ihn. Hier müsste es doch okay sein, ihn zu küssen, oder?

KAPITEL 18

Am Sonntag in der Woche darauf stehen plötzlich zwei große Reisetaschen vor Mareks Zimmer. Ist er etwa zurück? Mit neuen Taschen aus Amerika? Ich mache den Reißverschluss der oberen auf und ziehe eine rosane Pünktchenbluse raus, einen Bikini, einen Kosmetikbeutel mit Blumenmuster … Hä?

Ich laufe runter zur Küche. Das Lachen kenn ich doch – Mams Freundin Lisa hockt auf Papas Platz und schaufelt sich Erdbeertorte ins Maul.

»Hallo, Annika«, sagt sie.

Mam lächelt mich an, das erste Mal seit Papas Geburtstag.

»Hallo, Schätzchen«, sagt sie.

»Setz dich doch zu uns«, sagt Lisa.

»Danke, hab zu tun.«

»Wir möchten kurz was mit dir besprechen.«

Seit wann redet Lisa für meine Mutter? Ist was passiert? Mit Marek oder Papa? Nee, dann würden sie wohl nicht so gemütlich Kuchen essen. Ich setze mich, nehme ein extragroßes Stück. Mam und Lisa sehen sich an.

»Was ist?«, frage ich.

Mam räuspert sich.

»Lisa wird eine Weile bei uns wohnen«, sagt sie.

Mir fällt fast die Gabel aus der Hand.

»Wieso das denn??«

Lisa lacht.

»Sie ist begeistert!«, raunt sie Mam zu.

Ja, ungeheuer.

Mam sagt: »Du hast ja sicher gemerkt, dass ich …Schwierigkeiten habe mit der neuen Situation. Ich brauche ein bisschen Unterstützung. Lisa muss eh für ein paar Monate raus aus ihrer Wohnung –«

»Ich hab Schimmel«, wirft die ein.

»… und wir haben so viel Platz. Sowieso, und jetzt, wo Marek weg ist … sein Zimmer steht ja nur leer …«

Ich glaub, ich spinne.

»Sein Zimmer steht nicht leer«, sage ich. »Es ist voll mit seinen Sachen.«

»Ich meine, der Platz ist völlig ungenutzt. Und Lisa hat sich angeboten, mir ein bisschen unter die Arme zu greifen, auch mit der Pension.«

»Hast du Marek gefragt, wie er das findet?«

»Ja. Er antwortet nicht.«

»Wahrscheinlich gibt's kein Internet, wo er ist.«

Dass Marek sich manchmal Zeit lässt, behalte ich für mich.

»Es gibt überall Internet«, sagt Lisa.
»Das stimmt nicht.«
»Wie dem auch sei«, sagt Mam. »Weißt du vielleicht, wo der Schlüssel zu seinem Zimmer ist?«
Ich stecke mir eine Erdbeere in den Mund. Lisa beugt sich zu mir und sagt: »Du hast ihn, oder?«
Zu spät zum Lügen.
»Sei so gut«, sagt sie und streckt ihre Hand aus.
»Schätzchen?«, sagt Mam. »Bitte.«
Ich stehe auf.
»Ich geb ihn dir, wenn Marek einverstanden ist.«
»Marek ist aber nicht zu erreichen.«
»Tja.«
Ich drehe mich um und stiefele aus der Küche.
»Hey, Missy«, ruft Lisa.
Was fällt der Kuh ein? Ich renne die Treppe hoch und schmeiße meine Tür zu. Mareks Schlüssel lege ich in die Dose mit meinen Ohrringen und dem Schneckenhaus, für den Fall, dass sie danach suchen.

* * *

»Na, Halleluja«, sagt Theresa. »Lisa ist doch die, die mich auf eurer Silvesterparty zickig genannt hat, oder?«
»Ja, genau. Mich nennt sie *Missy* und *Prinzesschen*.«
»Wird bestimmt lustig.«

»Wir können gerne tauschen …«

»Nee, danke.«

Wir radeln durch den Stadtpark. Die Kegelkneipe, in der Chris und seine Kumpels spielen, soll direkt gegenüber vom nördlichen Tor sein. Erst dachte ich, er verkohlt mich, aber er meinte, Kegeln ist so spießig, dass es schon wieder gut ist, wie Minigolf oder so. Ich nehme Theresa mit, weil ich seine Kumpels nicht kenne. Die sind bestimmt alle achtzehn, neunzehn. Und gekegelt hab ich auch noch nie. Mal gucken, wie sehr ich mich blamiere.

Wir kurven um den großen Springbrunnen, bekommen ein paar Tropfen ab.

»Meinte Lisa, sie hat Schimmel in den *Wänden*?«, fragt Theresa.

»Was sonst?«

»Meine Mutter hatte mal 'nen Hautpilz. Das ist auch 'ne Art Schimmel.«

Ich sehe Lisa überwuchert von stinkendem grünem Flausch. Gefällt mir, das Bild.

Ich glaube, hier ist zuletzt vor fünfzig Jahren renoviert worden. An den Wänden hängen Vereinsfähnchen und die Lampen haben Fransen. Chris und seine Leute sind die einzigen Gäste.

»Hey«, sagt er und fasst mir an die Schulter.

Theresa gibt er die Hand. Ich kann nicht erkennen, wie er ihren Aufzug findet. Sie trägt ein schwarzes Spitzenkleid und sieht aus, als wollte sie auf ’ne Mafia-Beerdigung. Sie findet, wenn Kegeln ironisch ist, kann man sich auch verkleiden. Ich bin lieber in Jeans und T-Shirt geblieben.

Chris stellt uns Robbi, Biene, Pete und Mehmet vor. Niemand außer Theresa hat sich schick gemacht, aber ich glaube, sie findet das eher lustig als peinlich. Biene gibt uns die Hand. Sie ist klein, einsfünfzig oder so. Sieht schüchtern aus. Robbi, ein Lulatsch, starrt nur auf Theresas Ausschnitt. Mehmet hat den rechten Arm im Gips.

»Ich mach den Scorekeeper«, sagt er und zeigt auf die Tafel an der Wand.

Theresa kommt in ein Team mit Biene und Chris; ich bin mit Pete und Robbi zusammen. Hoffentlich können die gut verlieren.

»Meine Damen und Herren«, sagt Mehmet in seine Bierflasche. »Das Herz der *Ritter* macht sich bereit: Chris Hero Böttcher! Das für diesen Spieler charakteristische Schulterrollen elektrisiert die Zuschauer, wir dürfen gespannt sein.«

»Jaaa!«, kräht Robbi.

Alle jubeln. Ich glaube, wir sind auch das Publikum. Chris drückt mir seine Bierflasche in die Hand und geht nach vorne.

»Die Kugel fegt das Holz hinunter. Sie fegt, und! Und!!! – Nein, vier Kegel, das ist zu wenig, damit ist auch Böttcher nicht zufrieden, er hatte sich mehr erhofft. Die Enttäuschung ist ihm deutlich ins Gesicht geschrieben.«

Von wegen: Chris grient von einem Ohr zum anderen. Wir johlen und klatschen, Theresa tanzt. Ich denke gerade, dass sie ein bisschen weniger mit dem Hintern wackeln könnte, als Pete mir zu verstehen gibt, dass ich dran bin. Oh, Scheiße. Ich besehe mir die Kugel und Mehmet legt los.

»Für alle, die noch nicht vom jüngsten Mitglied der *Kegelkiller* gehört haben: Annika. Ein Talent wie aus dem Bilderbuch, entdeckt in einem Drei-Personen-Verein im Schwarzwald.«

Ich nicke ins Publikum und hieve den Ball hoch. Oh, schwerer als ich dachte.

»Eine ganz eigene Technik zeichnet sie aus: Die Bodenhocke zur Kugelaufnahme, eine erfrischende Neuigkeit in diesem Sport.«

Ich muss lachen und verliere das Gleichgewicht, lasse die Kugel auf die Bahn fallen. Es kracht.

»Annika verzichtet auf Anlauf, so sicher ist ihre Hand, so schwungvoll ihr Wurf. Aber – auch Ausnahmetalente haben schlechte Tage, und ein solcher scheint sich heute vor unseren Augen zu ereignen … Zwei Kegel. Nun ja.«

Die andern jubeln trotzdem. Scheint ihnen ziemlich egal zu sein, wer gewinnt. Ich mache einen Knicks. Zurück an meinem Platz boxt Chris mich sachte in die Seite, ich boxe zurück.

Nach Biene und Robbi ist Theresa dran.

»Oh lala«, murmelt Mehmet. »Applaus für die elegante Theresa. Sie kommt vom Eiskunstlauf und will sich nun beim Spiel der Kegel beweisen.«

Theresa verbeugt sich. Sie weiß garantiert, dass sie uns ihren Busen präsentiert. Die Jungs glotzen auch ordentlich. Pete verschluckt sich und hustet, Mehmet räuspert sich.

»Beeindruckend«, sagt er. »So viel Contenance auf dem Holz, das ist selten. Sie könnte das Kegeln neu erfinden, diese junge Frau. Weshalb immer die gleichen drei Finger nehmen?«

Die Kugel trielt ab in die Rinne, und ich freue mich.

»Kein einziger Kegel, das ist bitter, das ist hart«, sagt Mehmet, aber Theresa lacht und küsst ihn auf die Backe. Macht High Five mit Chris und Robbi. Wieso dachte ich bloß, ich würde mich wohler fühlen, wenn sie dabei ist?

Ich setze mich auf einen Tisch und schlürfe meine Cola. Sehe zu, wie Theresa umhertanzt, von Robbis Bier trinkt, mit Mehmet schäkert. Chris lehnt an einem Balken, er guckt auch. Mein Magen tut weh.

Als Pete durch ist, kommt Chris zu mir. Er setzt sich neben mich auf den Tisch.

»Macht's dir keinen Spaß?«, fragt er.

»Doch.«

Ich nehme sein Bier, trinke einen Schluck. Uah, bitter.

»Hat dir Bier von Anfang an geschmeckt?«, frage ich.

Ich will nicht, dass er merkt, wie down ich bin.

»Nee. Musste ein bisschen üben.«

»Dann kann's ja noch werden.«

»Sowieso, immer.«

Er legt mir kurz die Hand auf den Rücken, nimmt sie aber gleich wieder weg. Zweite Runde.

Nach fünf Durchläufen hat Team 2 gewonnen. Die anderen wollen noch was trinken gehen, aber Theresa und ich müssen nach Hause, weil wir morgen beide eine Arbeit schreiben. Chris begleitet uns. Wir laufen auf der Straße, der Bürgersteig ist zu eng für drei Räder.

»Seid ihr bei den *Killern* und *Rittern* sonst nur zu zweit?«, frage ich Chris.

Theresa lacht auf. Ich sehe sie an.

»Was?«, frage ich.

Sie tut so, als würde sie mir die Hand an den Hinterkopf klatschen.

»Die Mannschaften gibt's doch gar nicht, du Depp. Die hat sich Mehmet ausgedacht.«

»Echt?«

»Nehm ich mal an. Oder, Chris?«

»M-hm.«

Wow, bin ich blöd.

»Ich bin auch schon auf Mehmet reingefallen«, sagt Chris. »Als er neu in die Klasse kam, hat er so getan, als würde er kein Deutsch können.«
Theresa sagt: »Gute Idee. Da hört man wahrscheinlich ganz ungefiltert, was die andern von einem halten, oder?«
Chris nickt.
»Die Mädchen haben direkt vor seiner Nase darüber geredet, wie toll sie ihn finden.«
»Und er hat sich nichts anmerken lassen?«, fragt Theresa.
»Nee.«
»Ganz schön abgebrüht.«
Wir überqueren eine leere Kreuzung. Theresa stößt mit Chris zusammen, und ihre Räder verkanten sich ineinander. Wir müssen stehen bleiben, damit sie sie entheddern können, und Theresa lacht, als hätte sie noch nie so was Lustiges erlebt. Ich komme mir vor wie ein Zuschauer. *Die große Theresa-Show!*
Als es endlich weitergeht, fasst sie Chris am Arm und sagt: »Annika hat erzählt, dass du bald an der Filmhochschule anfängst.«
»M-hm«, macht er.
»Willst du Regisseur werden?«
»Oder Cutter, wenn Regisseur nicht klappt.«
»Cool. So was will ich auch mal studieren, Kunst oder Bühnenbild oder so. Vielleicht auch Film.«

Film? Ich wette, das sagt sie nur, um sich einzuschleimen. Mir gegenüber hat sie das noch nie erwähnt.
Chris sagt: »Du bemalst die Klotüren am Schiller, oder?«
Sie nickt.
»Gutes Projekt.«
Sie klimpert ihn an.
»Findest du?«
Kotzübel ist mir.
An der Fahnenbrücke sagt er: »Mädels, ich muss hier lang.«
Gott sei Dank. Ich hatte schon befürchtet, er würde den längeren Weg nehmen.
»Vielleicht sieht man sich mal wieder«, sagt Theresa.
»Vielleicht.« Zu mir sagt er: »Ich fahr morgen zu meiner Oma. Mittwoch bin ich zurück. Ich ruf dich an, ja?«
»Okay.«
Ich hab das Gefühl, er will noch was sagen, aber er hebt nur kurz die Hand und schwingt sich aufs Rad.
»Nacht«, ruft Theresa ihm nach.
Als er außer Hörweite ist, seufzt sie: »Der ist echt süß.«
»Ich denke, du magst Gregor. Du hast mir doch gestern erst erzählt, wie irre attraktiv du ihn findest.«
»Naja, wenn ich wählen müsste …«
Was soll das denn heißen? Dass sie beide kriegt?
»Chris hat 'ne Menge Erfahrung, oder? Bestimmt mehr als

Gregor. Der wäre wahrscheinlich genau der Richtige für's erste Mal.«

Ich glaub's nicht. Ich steige auf und trete los, will diesen Mist nicht hören.

»Hey!«, ruft Theresa.

Ich biege in die Hauptstraße.

»Kannst du bitte mal warten?«, schreit sie.

Ich pese über die große Kreuzung, brettere durch die Unterführung und rase fast in ein Auto, das auf der anderen Seite wendet. Der Fahrer hupt. Nach zwei Ampeln schaue ich mich um. Hab sie abgehängt.

KAPITEL 19

Mit einem dicken schwarzen Edding in der Hand steh ich vor Theresas Meerjungfrau. Sie sieht noch genauso aus wie am ersten Tag, es hat niemand an ihr rumgekritzelt. An der Klowand rechts steht *geiler Busen*, mit einem Pfeil, aber die Lady selbst ist unberührt.

Auf dem Schulweg hab ich überlegt, ob ich ihr Narben male, oder eitrige Pickel, oder ob ich ihr die Mundwinkel runterziehe. Aber jetzt guckt sie mich mit ihren großen Augen an, und ich werde unsicher. Theresa wüsste bestimmt sofort, dass ich es war. Und dann würde es die Runde machen, dass ich aus Eifersucht die tolle Klokunst meiner besten Freundin kaputtgemacht habe. Vielleicht doch keine so gute Idee.

Ich male eine Schuppe an ihrem Fischschwanz schwarz und komme mir unglaublich unbedeutend vor.

Nach der Sechsten trödele ich, bis ich sicher bin, dass Theresa gegangen ist. Die Flure sind schon völlig leer. Ich horche ins Treppenhaus – nichts – aber als ich die Tür zur Eingangshalle auftrete, steht sie plötzlich vor mir. Muss auf mich gewartet haben.

»Sag mal, was war'n das gestern?«, fragt sie. »Wieso bist'n du weggerast wie 'ne Bekloppte?«

Ich schüttele den Kopf, laufe weiter. Sie kommt mir nach.

»Junge Frau, sie überschreiten das gesetzliche Tempolimit in Gebäuden!«

»Ha.«

Theresa greift meinen Arm, zwingt mich stehen zu bleiben.

»Bist du etwa sauer, weil ich mit Chris geredet hab?«

Mein Gesicht wird heiß, mein Herz hämmert.

»Nee, weil du dich an ihn rangeschmissen hast!«

Sie lässt mich los, sagt: »Quatsch«, ganz locker, als wäre das völlig absurd.

»Du planst ja sogar schon, wie du ihn ins Bett kriegst!«

»Das war doch nur Spaß.«

»Na, klar.«

»Wirklich!«

»Und dass du dich über mich lustig gemacht hast? Vor ihm?«

»Ich hab mich doch nicht über dich lustig gemacht!«

»Ach, das hab ich mir wohl eingebildet.«

Jetzt packt sie auch noch einen Kaugummi aus. Meine Wut perlt an ihr ab wie ein Wassertropfen von 'ner Lotusblume.

»Okay«, sagt sie. »Vielleicht hab ich mich ein bisschen

amüsiert. War aber auch komisch, dass du das mit den Mannschaften nicht kapiert hast. Kein Grund, sauer zu sein.«

Doch. *Doch!*

Ich stehe da und brodele. Theresa kaut.

»Soll ich etwa die Klappe halten, nur weil du den Mund nicht aufkriegst?«, fragt sie. »Außerdem: Wie oft hast du mir erzählt, dass ihr nur Freunde seid? Du willst doch eh nix von ihm. Wo ist das Problem?«

Ich kriege keinen klaren Gedanken mehr zustande. *Du verdrehst alles*, will ich schreien, aber meine Kehle ist zu. Ich mache kehrt und renne zum Ausgang.

KAPITEL 20

Ich wollte nie nägelkauend auf den Anruf eines Jungen warten, x-mal die Minute gucken, ob mein Handy auch wirklich an ist und phantasieren, was alles passiert sein könnte, weswegen er nicht telefonieren kann. Aber jetzt warte ich doch, den ganzen Mittwoch. Ich warte und kann mich nicht ablenken von der Erkenntnis, dass ich mich verliebt habe.

Das ist kein kleines Verknalltsein mehr, weil jemand einen coolen Gang hat oder süß lächelt; ich hänge richtig drin. So sehr, dass es mir fast egal ist, dass Chris wegzieht, ich will einfach nur mit ihm zusammen sein. Und ich habe Angst, dass meine Chance vorbei ist. Wenn ich je eine hatte.

Mit meinem Handy und dem Zuhausetelefon neben mir liege ich im hinteren Teil des Gartens und gucke den Hummeln zu, wie sie um die Minze trudeln. Wenn sie landen, biegen sich die Zweige nach unten, so schwer sind sie.

»Hallo?«

Ich setze mich auf, sehe einen Gast auf der Terrasse. Kepsch heißt der, glaube ich.

»Hallo?? Fräulein?«

Ich rappele mich hoch, laufe zu ihm.

»Sie!«, sagt er, als hätte er mich beim Klauen erwischt. Genau, was ich jetzt brauche.

»Gibt's ein Problem?«

»Allerdings. Ich warte schon zwanzig Minuten! Läute und läute, aber es kommt keiner!«

»Was ist denn?«

Er hält eine Hand hoch, greift seinen Zeigefinger.

»Erstens: Das Frühstück war nicht, wie bestellt, um acht da, sondern erst um halb neun. Zweitens …« Er greift seinen Mittelfinger. »Wie sieht der Garten aus? Die Rosen vertrocknen vor meinem Fenster. Glauben Sie, dieser Anblick erhebt mich?« Er greift seinen Ringfinger. »Drittens: Jetzt muss ich auch noch feststellen, dass die Glühbirne in der Nachttischlampe kaputt ist. Das ist doch der reinste Amateur-Betrieb hier!«

Ganz ruhig jetzt.

»Ich geb Ihnen eine frische Glühbirne.«

»Nein, Sie setzen mir die Birne ein!«

Von mir aus.

Als die Birne drin ist, hält er mir ein Handtuch unter die Nase.

»Sehen Sie sich das mal an.«

»Was ist damit?«

»Das dürfen Sie raten.«

Du meine Güte. Ich nehme das Tuch, suche nach Flecken, kann aber keine finden.

»Keine Ahnung«, sage ich. »Was stört Sie denn?«

Er fasst das untere Ende und wir stehen da, als wollten wir 'ne Picknickdecke ausbreiten.

»Da fehlt doch was«, sagt er.

Was kann denn an 'nem Handtuch fehlen? Das Hilton-Logo vielleicht? Ich verliere langsam die Geduld.

»Da ist kein Aufhänger dran«, sagt er. »Wie soll ich ein Handtuch aufhängen, das keinen Aufhänger hat??«

Ich rupfe das Ding an mich, stapfe ins Bad und werfe es über den Handtuchhalter.

»So zum Beispiel«, sage ich.

»Und wenn ich's an den Türhaken hängen will?«

»Dann haben Sie Pech gehabt!«

Zurück in der Diele schreie ich, lautlos.

Als ich aus der Terrassentür trete, höre ich das Zuhausetelefon läuten. Ich renne. Wer weiß, wie lange es schon klingelt. Ich hechte ins Gras, drücke auf *Abnehmen* und – habe meinen Vater am Apparat. Am liebsten würde ich sofort wieder auflegen, bin schrecklich enttäuscht.

Papa klingt ärgerlich. Sagt, er hätte es gut gefunden, wenn ich wenigstens Bescheid gegeben hätte, dass ich kein Treffen schaffe.

»Hab's vergessen«, lüge ich.

»Wie sieht's denn aus mit dieser Woche?«

»Kriegen wir Zeugnisse.«

»Ich weiß, aber –«

»Da ist total viel los, da hab ich keine Zeit.«

Ich höre ihn ausatmen.

»Weißt du, dass Lisa bei uns eingezogen ist?«, frage ich, zur Ablenkung.

Papa ist einen Moment still. Dann sagt er: »Wusste ich nicht. Hat sie ihre Wohnung verloren?«

»Nee, ihre Wohnung ist verschimmelt. Mam hat Lisa gefragt, ob sie ihr mit der Pension helfen kann. Lisa putzt ein bisschen und macht das Frühstück.«

Er schnauft.

»Sie schläft in deinem Arbeitszimmer«, sage ich. »Und sie hat sich deinen Sessel gekrallt.«

»Ah, Himmel.«

Ich warte, dass er sich anbietet, sie rauszuwerfen, aber er sagt nur: »Was für ein verdammter Mist.«

Er bittet mich noch mal, mich zu melden, wenn ich Zeit habe. Wir haben schon *Tschüss* gesagt, da frage ich: »Papa?«

»Ja?«

»Ziehst du mit einer Frau zusammen?«

»Äh – nein. Warum?«

»Nur so. Könnte doch sein.«

»Hast recht, könnte sein. Ist aber nicht.«

Das Universum will mich quälen, alle halbe Stunde geht das Telefon. Lisa meldet sich von der Arbeit, fragt, ob sie einkaufen soll, Molly hat ihre Mathehausaufgaben verschlampt, und Theresa will mit mir reden. Ich lasse sie auf die Mailbox quatschen.

»Hallo, Annika. Hier bin ich …«

Sie grummelt was und legt auf. In der zweiten Nachricht sagt sie: »Findest du nicht, dass du ein bisschen übertreibst? Wegen so 'ner Lappalie? Echt?«

Ich lösche beides. Will selbst entscheiden dürfen, ob ich Grund habe, sauer zu sein.

Ich werfe mein Handy aufs Bett, greife meinen Fahrradschlüssel und fahre zur Eisenbahnbrücke – jogge hoch in den Wald, bis ich Seitenstechen kriege. Auf dieser Lichtung war ich mal im Winter, als es frisch geschneit hatte. Hier kann mich keiner erreichen, hier brauche ich nicht warten.

Ich lehne mich an eine Tanne und schnappe nach Luft. Im Baum gegenüber turnt ein Eichhörnchen, um mich rum zwitschert und raschelt und knackt es. Ich schließe die Augen.

Im Winter war es hier bis auf ein Knistern völlig still. Ich hab eine Weile einfach nur dagestanden und gelauscht, kam mir vor wie in einem Märchenwald. Dann bin ich zur Mitte der Lichtung gestapft, neben einer Vogelspur her, und hab mich rückwärts in den Schnee fallen lassen. Unter der glitzernden Zuckerkruste war er fluffig und weich, und ich habe reingehaucht und geschaut, wie die Flocken schmelzen. Und dann, ich weiß nicht wieso, hab ich aus drei Zentimeter Entfernung auf den Schnee gestarrt – wie jemand mit 'nem Augenproblem, total bescheuert – und es war, als würde ich durch ein Mikroskop gucken. Auf der unberührten Schneedecke hab ich die einzelnen Kristalle gesehen, übereinandergetürmt, viele Lagen tief. Manche mit abgebrochenen Ärmchen, andere völlig perfekt. Und jeder anders. Vielleicht waren das einfach nur Giga-Schneeflocken, freakig große Exemplare, keine Ahnung. Ich hab gedacht, wie verrückt, wie vollkommen irre, so viel Schönheit auf einem Haufen, für was? Da haucht sie jemand an und weg ist sie. Was für eine Verschwendung.

Und dann ist mir klar geworden, dass das »Leben« einer Schneeflocke nicht wirklich so fürchterlich viel länger ist als mein eigenes, wenn man die Milliarden Jahre bedenkt, die es das Universum schon gibt. Dass ich auch bloß eine Schneeflocke bin. Eine Verschwendung.

Ein Vogel zischt vorbei, ich höre das Hacken eines Spechts. Was mach ich hier?

* * *

Um zehn am Abend schleiche ich rüber in Mareks Zimmer. Es mufft noch mehr als letztes Mal. Ich öffne das Fenster und klettere aufs Sims.
Die Dachziegel unter meinen Füßen sind warm, es riecht nach frisch gemähtem Gras, und ich muss an den Sommerabend vor ein paar Jahren denken, als wir zu dritt auf Mareks Schreibtisch saßen und Silvesterraketen abgefeuert haben. Chris hat eine brennende Sonne fallen lassen, und das Ding ist runtergerutscht in die Regenrinne und hat die trockenen Blätter angezündet, die sich da den Herbst über gesammelt hatten. Ich hab gekreischt, dachte, das Haus fackelt ab, aber die Jungs haben nur gelacht. Waren ziemlich betrunken, glaube ich, oder bekifft.
Als ich das Feuer gelöscht hatte mit einer Schüssel Wasser aus dem Bad, haben sie lange Gesichter gemacht, als hätte ich ihnen den Spaß des Jahres verdorben. »Du wieder«, hat Marek gesagt, und ich bin beleidigt abgezogen.
Wieso fällt mir das jetzt ein? Weil ich mich damals auch so mickrig gefühlt hab?
Ich gucke gerade zum einhundertsiebten Mal, ob eine SMS gekommen ist, als mein Handy klingelt.
Es ist Chris. Endlich.
»Hey«, sagt er leise.
Seine Stimme ist warm.
»Hey.«
»Bin wieder da.«

»M-hm.«
Er soll nicht hören, wie sehr ich gewartet habe.
»Alles klar bei dir?«, fragt er.
»M-hm. Wie war's bei deiner Oma?«
»Ganz okay. Hab nur gegessen. Das Frühstück ging nahtlos in 'nen Vormittags-Snack über, der mutierte zum Lunch, dann gab's Kuchen …«
Ich lache, ein bisschen zu laut.
»Kann halt nicht jeder durch die Rocky Mountains ziehen«, sagt er.
»Marek ist in den Rocky Mountains??«
»Seit gestern.«
»Auf der T-Shirt-Tour?«
»Nee, damit ist er durch.«
»Was war das eigentlich?«
»Er ist mit 'nem Freund durch den mittleren Westen gefahren, von Konzerthalle zu Konzerthalle, und hat T-Shirts verkauft von den Bands, die da gerade gespielt haben. Sie hatten so ein Gerät im Bus, mit dem man Bilder auf Stoff drucken kann. Ist wohl ganz gut gelaufen, bis er sich mit Dan gekracht hat.«
Mann. Ich schlage mich hier mit Lisa-Pisa rum, verteidige sein Zimmer, und er erzählt mir gar nichts mehr. Aber wenigstens hat sich das Gespräch mit Chris entkrampft, mein Herz schlägt wieder normal.
»Was machst du eigentlich in den Ferien?«, fragt er.

»Hierbleiben wahrscheinlich. Und du?«

»Auch. Hab mich letzte Woche um ein paar Jobs beworben. Wenn ich den ganzen Tag zu Hause rumhänge, werd ich wahnsinnig. In den Weihnachtsferien …«

Ich warte, aber er redet nicht weiter.

»Was?«, frage ich.

»Nix.«

»Komm, sag.«

»Ach, war 'ne Scheißzeit.«

»Wieso?«

Er zögert einen Moment, dann sagt er: »Ich hab meinen Eltern erzählt, dass ich mich auf der Filmakademie bewerben will, und es gab 'nen Riesenkrach. Meine Mutter hat 'ne Liste geschrieben, warum das 'ne schlechte Idee ist. Punkt 5 war: *Die Zeit für Experimente ist vorbei, die Welt hat sich verändert, Chris!* Punkt 8: *Du bist nicht künstlerisch begabt.* Punkt 14: *Du verschenkst deine Chance auf ein wertvolles Leben …*«

»Wow.«

»Mein Vater hat Artikel ausgeschnitten aus der Zeitung, über Obdachlose und Altersarmut. Jeden Tag was Neues. Ich hab schon längst nicht mehr drüber reden wollen, da kamen sie immer noch mit Statistiken und Prognosen und meiner berühmten Undankbarkeit, bei jedem verdammten Abendessen. Und dann hat meine Mutter ein paar von den Aufnahmen gelöscht, aus denen ich meinen Bewerbungsfilm machen wollte. Angeblich aus Versehen.«

»Nee.«

»Doch. Da hatte ich endgültig die Schnauze voll. Konnte wochenlang nicht schlafen, hatte keinen Hunger mehr, war total durch den Wind.«

»Shit.«

»Seitdem ist es nur noch kacke zu Hause.«

»Glaub ich.«

Ich suche mein Hirn ab nach was Hilfreichem, was ich sagen könnte, aber ich finde nichts.

»Ich freu mich so auf die WG, kannst du dir gar nicht vorstellen«, sagt er.

»Doch. Ich leb hier schließlich mit 'nem Zombie und 'ner Verrückten zusammen.«

Er lacht.

»Wollen wir morgen vielleicht was zusammen machen?«, fragt er.

Und wie!

KAPITEL 21

Chris holt mich von der Schule ab, nach der zweiten Stunde. Ich hab noch nie geschwänzt, aber der vorletzte Tag ist eh für die Katz. Mir egal, ob sie mich gehen sehen.

Seine Haare sind zerzaust, er lächelt mich an. Soll ich? Ich beuge mich rüber, umarme ihn.

Einen Moment hält er mich ganz fest, so gut das im Sitzen geht, dann lassen wir wieder los. Ich bin ziemlich verlegen, telefonieren ist irgendwie leichter.

»Baggersee?«, fragt er.

»Baggersee.«

Er macht Musik an – die Byrds mal wieder – und ich lege meine Füße aufs Armaturenbrett, krame meine Sonnenbrille raus. Wie kann es denn jetzt schon so irre heiß sein?

»Hab grade einen Anruf von ’ner Fahrradwerkstatt bekommen«, sagt Chris. »Fange morgen an.«

»Super!«

»Weißt du schon, was du machen willst?«

»Na ja, ich hab nicht so viel Auswahl.«

»Babysitten?«
»Wenn's sein muss …«
Ich stelle mir vor, die Schwarzwaldtannen sind Redwoods, und Mareks Schrottkarre fährt uns zu den Rocky Mountains. Mein Gepäck: Schulbücher, eine Flasche Wasser und Kekse. Mein Kompagnon: ein verschlafen guckender Junge, der nicht weiß, dass ich in ihn verliebt bin. Ist doch gar nicht so übel.
Die Liegewiese ist komplett leer. Wir breiten die Decke unter die große Kastanie und ziehen uns aus. Ob Chris sich auch komisch vorkommt, allein mit mir baden zu gehen? Wir haben uns ja schon hundertmal in Badesachen gesehen, aber irgendwie ist es noch mal was anderes, wenn niemand sonst dabei ist. Schwimmzeug ist ja eigentlich bloß Unterwäsche aus Plastik.
Nach zwei Schritten über rutschige Kiesel geht's runter. Chris lacht. Ich stoße mich vom Boden ab, tauche in die Milchsuppe. Das Wasser ist weich, warm, erst einen halben Meter unter der Oberfläche wird es kühler.
Wir schwimmen.
»Zur Boje?«, fragt Chris.
Die Boje ist die offizielle Markierung der Mitte des Sees und der inoffizielle Rettungsanker für kaputte Schwimmer. Ich fasse einen der Griffe, Chris den anderen. Komisch, wie unsere Beine verschwinden und wieder auftauchen, je nachdem, wie nah sie an die Oberfläche kommen.

»Wie flüssiger Nebel«, sage ich.
»Auf Island hab ich mal in ’ner heißen Quelle gebadet, die war auch so milchig.«
»Woher kommt das?«
»Hier ist es irgendwas mit dem Bergbau. Auf Island – keine Ahnung.«
»Bisschen unheimlich, oder?«
»M-hm.«
Sein Fuß streift meine Wade. Vor ein paar Wochen noch hätte ich ihn getreten und wir hätten eine Wasserschlacht anfangen, aber jetzt –
»Wie tief ist es hier eigentlich?«, frage ich.
»Dreißig Meter.«
Ich versuche, mir das vorzustellen. So viel Wasser, durch das ich fallen könnte. Kein Mensch würde mich je finden.
Zurück an Land wickele ich mich in mein Handtuch und lege mich bäuchlings auf die Decke. Chris legt sich neben mich. Mein rechter und sein linker Ellbogen berühren sich. Wir sehen uns an.
»Na?«, sagt er.
»Guck mal, wie braun du bist, im Vergleich zu mir.«
»Dafür hast du Sommersprossen.«
Er dreht sich auf die Seite, den Kopf im Arm, und streicht mit den Fingerspitzen über meine Schultern. Ich kriege Gänsehaut.

»Das müssen Millionen sein«, sagt er.

Dann ist seine Hand wieder weg. Ich blinzele ihn an.

»He«, flüstert er.

Ich drehe mich zu ihm, und er zieht mich in seine Arme. Meine Nase landet in seiner Halsbeuge. Als er anfängt, meinen Nacken zu streicheln, läuft mir ein Schauer über den Rücken.

»So sieht's aus«, murmelt er.

»Was?«

»Nix.«

Er legt seine Hand auf mein Haar und hält meinen Kopf, und auf einmal weiß ich, dass ich ihm wirklich wichtig bin.

KAPITEL 22

Eigentlich will ich nur schnell was trinken und mich dann nach oben verziehen, aber Mam und Lisa gehen so komisch im Esszimmer umher, da will ich wissen, was los ist.

»… und du hast *ein* schönes, großzügiges Zimmer, mit Licht von zwei Seiten«, sagt Lisa.

»Du meinst, die Wand ist nicht tragend?«, fragt Mam.

Lisa schüttelt den Kopf.

»Rigips«, sagt sie. »Schau.«

Sie klopft. Mam nickt.

»Was macht ihr?«, frage ich.

»Lisa meint, wir sollten die Wand rausnehmen. Dann wird das Wohnzimmer größer. Das Esszimmer benutzen wir ja eh fast nie.«

»Wie bitte? Ich mach hier Hausaufgaben, und wenn Besuch kommt, essen wir hier!«

»Der Tisch würde ja auch bleiben. Nur wäre eben die Wand weg. Stell ich mir schön vor.«

Ich fass es nicht. Seit Tagen rührt sie keinen Finger, liegt nur depressiv im Bett rum, und jetzt will sie auf einmal das Haus demolieren. Weil Lisa das ’ne gute Idee findet.

»Und wo soll dann das Bücherregal hin?«, frage ich.

»Hm«, macht Lisa.

Hat sie noch nicht drüber nachgedacht, die dumme Nuss. Aber schon mal den Vorschlaghammer auspacken.

»Die Bücher könnte man verteilen, auf kleine Regale zwischen den Fenstern«, sagt sie.

Mam nickt wieder.

»Und Papa?«, frage ich. »Der wird das hassen!«

»Tja«, sagt Lisa.

»Was, *tja*?«

»Na, selbst schuld. Wäre er halt hiergeblieben.«

Bloß nicht aufregen jetzt. Ich hole mir eine Cola, sollen sie doch machen, was sie wollen.

»He, Prinzesschen!«

Lisa folgt mir in die Küche.

»Gibt’s eigentlich Neues aus Übersee? Vom Globetrotter?«

»Nee.«

Mam lehnt sich an den Türrahmen, beobachtet uns.

Lisa sagt: »Wir warten jetzt lange genug, finde ich. Gib bitte endlich den Schlüssel raus.«

Ich schüttele den Kopf.

»Der Junge hatte genügend Zeit, seine Wünsche zu äußern«, sagt Lisa.

»Finde ich nicht. Außerdem gibt's kein Internet in den Rocky Mountains.«

Mams Mund klappt auf. Shit, ich hab mich verplappert.

»Marek ist in den Rocky Mountains?«, fragt sie.

»Ja«, sage ich. »Mit 'nem Wanderzirkus. Er macht den Hochseilakt überm Grand Canyon.«

Verfickt nochmal.

Ich verzichte auf Mittagessen, ertrage die Gesellschaft nicht. Außerdem hab ich eh keinen Hunger bei dem Geflatter in meinem Bauch. Lieber liege ich auf meinem Bett und denke an Chris.

Wir haben uns eine Ewigkeit so festgehalten am See. Ich habe seine Schultern gestreichelt, und er hat mich an sich gedrückt, und ein paarmal hat er mir oben ins Handtuch geguckt. War ich froh, dass mir der neue Bikini so gut steht.

Irgendwann sind dann andere Leute gekommen und wir haben uns auf den Rückweg zum Auto gemacht. Chris hat mich immer wieder kurz berührt, am Rücken, am Arm, ganz nebenbei. Er hat die Byrds angemacht und wir sind gefahren ohne zu reden. Vor meinem Haus hat er den Motor ausgeschaltet und wir haben eine Weile nur dagesessen und uns angeschaut.

»Du hast auch eine Sommersprosse«, hab ich gesagt und auf eine Stelle zwei Zentimeter unter seinem linken Auge getippt. Er hat meine Hand an seine Backe gedrückt, aber geküsst hat er mich nicht.

Vielleicht bin ich dran.

KAPITEL 23

Frau Benjamin verteilt die Zeugnisse nach Durchschnitt, die Schlechtesten zuerst. Sie lässt sich Zeit, ich glaube, es macht ihr Spaß, uns zu quälen.

»Herr Strittmatter, bitte.«

Jens schlurft nach vorne.

»Zwei Fünfen, eine Sechs! Bleibst Klasse 10 erhalten.«

Er nimmt sein Zeugnis und schlurft zurück, ohne einen Blick darauf zu werfen.

»Lucy, der Sport hat dich gerettet.«

Lucy sprintet.

»Wenn's nach mir ginge, würde Sport nicht zählen, aber – mich fragt ja keiner.«

Tut ihr richtig leid, dass sie Lucy versetzen muss. Molly piesackt sie wegen der Eins in Kunst (»das überflüssige Fach«) und Nick, weil er sich angeblich nicht genug Mühe gibt. Mir sagt sie, ich wäre ja leider etwas auf den Kopf gefallen. Hab eine Drei in Mathe, sonst nur Einsen und Zweien.

Ich trödele, bis die anderen gegangen sind, dann stelle ich mich ans Fenster.

Vor dem Tor ist Stau: Alle vergleichen Zeugnisse, tauschen Handy-Nummern. Theresa kommt aus der Schule und sieht sich um. Gregor umarmt sie von hinten, aber sie schaut weiter, ich glaube sie sucht mich. Jetzt hat sie aufgegeben. Sie gehen zum Tor. Gregor sagt was, und sie lacht. Dann dreht sie sich plötzlich um und guckt zu mir hoch. Ich mache einen großen Schritt rückwärts.

* * *

Im Wohnzimmer ist ein Büchervulkan ausgebrochen. Auf dem Boden, dem Sofa, dem Couchtisch, auf dem Sekretär, der Fensterbank, den Sesseln – einfach überall liegen Bücher. Und die *Wand der Eitelkeit* ist abgehängt, die Fotos sind futsch.

»Mam?«, brülle ich.

Ich renne hoch zum Schlafzimmer. Mam pennt. Neben dem Bett steht ein Karton, vollgepackt mit den gerahmten Fotos. Als würden die ihr ganz allein gehören.

»Hey!«, sage ich laut.

Sie murmelt was. Legt den Arm übers Gesicht.

»Mam!«

Ich stoße ihren Ellbogen an.

»Was ist denn?«, murmelt sie.

»Hast *du* das Regal ausgeräumt?«

»Welches Regal?«

»Das Bücherregal, im Wohnzimmer.«
»Mm. Lisa hat mir geholfen.«
Klar, so kann man's auch nennen.
»Du kannst doch nicht einfach das Haus umbauen, ohne Papa zu fragen, ob er einverstanden ist!«
»Schätzchen, ich bin so müde, können wir da nachher drüber reden?«
Ich lasse mein Zeugnis auf die Bettdecke segeln und stapfe aus dem Zimmer.
»Annika«, höre ich. »Das ist aber schön!«
Ja, ja.

* * *

Der Baggersee hat eine Farbe wie Pfefferminzeis, die Bojen leuchten giftig pink, die Bäume am anderen Ufer ganz unwirklich grün. Es ist kurz vor Sonnenuntergang, die Magische Stunde. Wir laufen Richtung Kieswerk, am Schild *Kein Zugang* vorbei, bis wir einen verwitterten Steg umgeben von Schilf finden. Chris setzt sich an die Spitze, fängt an zu filmen. Ich lasse die Beine baumeln und sehe den Blesshühnern beim Flirten zu. Schön, wie der Wind übers Wasser streicht. Ein Boot tuckert vorüber. Ich ziehe mein T-Shirt aus, zupfe mein Bikinioberteil zurecht und lege mich hin.
Kleine, orange leuchtende Wolken treiben quer durch den

riesigen Himmel. Über ihnen schwebt eine größere Wolke, die sich kaum vom Fleck bewegt. Ich hab das Gefühl, ich kann Tausende von Kilometern hoch schauen. Ist das immer so? Ich mache die Augen zu, bade im Orange. Die Sonne bäckt mich wie ein Brötchen.

Als ich die Augen wieder öffne, kniet Chris neben mir. Er ist dabei, mich zu filmen.

»Ähm«, sage ich.

Meine Stimme ist rau.

»Das Licht ist unheimlich gut«, sagt er, filmt weiter.

Weil mir das ziemlich peinlich ist, setze ich mich auf und halte mir das T-Shirt vor die Brust. Chris nimmt die Kamera runter, ist auf einmal auch verlegen.

»Wollen wir schwimmen?«, fragt er.

Das Wasser ist noch wärmer als gestern und es glitzert so, dass es blendet. Ich erwische mich immer wieder dabei, wie ich zu Chris rüberluge. Er guckt auch dauernd zu mir. Können wir nicht einfach umkehren und endlich knutschen? Das kriege ich natürlich nicht raus.

Als wir an der Boje ankommen, sitzt die Sonne auf den Baumwipfeln, als hätte sie jemand da abgelegt.

»Wieso darf man eigentlich in die untergehende Sonne schauen?«, frage ich.

»Keine Ahnung. Ist wohl nicht so hell.«

Wie gestern verschnaufen wir kurz, paddeln auf der Stelle.

»Ganz schön weit«, sage ich.
»K. o.?«
»Nee.«
Chris wischt sich die Haare aus den Augen. Sieht mich an, während seine Beine meine streifen, einmal, zweimal. Dann streife ich ihn. Er löst eine Hand vom Griff, streicht meinen Arm entlang. Es kribbelt überall. Ich will die Augen zumachen, die blöde Boje loslassen.
»Lass uns zurückschwimmen«, sagt er.
Ich setze meine Füße an die Boje und presche rückwärts ins Glitzern.
Auf dem Steg wickele ich mich wieder in mein Handtuch und wir legen uns nebeneinander auf die Decke, Ellbogen an Ellbogen, wie gestern.
»Ich glaub, ich hab dich hier schon mal gesehen«, flüstert er.
»Ja?«
»M-hm. Die Sommersprossen …«
Er berührt meine Schulter. Das Rieseln ist wieder da.
»Ich glaub, ich erinner mich auch.«
»Wie ging das weiter?«
»So?«
Ich drehe mich zu ihm.
»Stimmt.«
Er dreht sich zu mir.
»Und jetzt?«, flüstert er.

»Filmriss.«

»Bei mir auch.«

»Müssen wir wohl improvisieren.«

Er legt die Stirn an meine und ich streiche mit dem Finger über seine Brust: Dann berühren sich unsere Lippen. Ich weiß nicht, wer wen küsst. Ist auch egal.

KAPITEL 24

Ich hab mir den falschen Tag zum Shoppen ausgesucht: Die Läden quellen über, ich muss fast eine halbe Stunde auf eine Umkleidekabine warten. Jetzt beeile ich mich, weil es ohne Theresa einfach keinen Spaß macht. Obwohl ich richtig viel Geld ausgeben darf!

Könnte sein, dass Mam wirklich ein schlechtes Gewissen hat. Oder sie ist so wolkig im Kopf, dass es ihr wurscht ist. Der Energieschub neulich, als sie beschlossen hat, die Wand rauszureißen, ist jedenfalls vorbei. Sie schlurft durchs Haus wie eine demente Oma und merkt nicht, was für ein Chaos Lisa anrichtet.

Die hat mittlerweile das Bücherregal abgebaut und die Bretter in die Diele gestapelt. Ihr Schreibwarenladen scheint sie nicht genug zu fordern. Als ich heute Morgen mit einem Frühstückstablett beladen aus der Küche kam, bin ich fast über den Bretterhaufen gestolpert. Am liebsten hätte ich das Tablett hingeworfen. Ich muss mir dringend einen Job suchen, damit ich nachmittags rauskomme.

»Ich seh aus wie 'ne Kartoffel«, höre ich das Mädchen in der Kabine neben mir.

»Das ist das Licht«, sagt eine Frau.

»Bin ich wirklich so hässlich von hinten?«

Ich warte auf eine Antwort, aber es kommt keine.

Ich hänge gerade kopfüber und versuche, mich aus einem engen Kleid zu schütteln, als mein Handy klingelt. Ich kicke meine Tasche um, das Handy schlittert raus. *Theresa* steht auf dem Display. Ich zerre mir das Kleid über den Kopf. Soll ich rangehen? Oder lieber –

Zu spät, die Mailbox hat sich eingeschaltet.

Als ich wieder angezogen bin, setze ich mich auf den Hocker und höre die Nachricht ab.

»Annika? Ich noch mal.«

Theresa wartet einen Moment, dann redet sie weiter.

»Okay …ich finde das ziemlich scheiße, was du machst. Einfach so unterzutauchen …Ich hab dir ja nicht absichtlich weh getan.«

Pause.

»Ich dachte … vielleicht wartest du auf 'ne Entschuldigung oder so. Deswegen ruf ich an. Also …wenn du noch irgendwie Interesse hast, mit mir befreundet zu sein, dann melde dich. Aber beeil dich, mir reicht's nämlich langsam.«

Ich bin verwirrt. War das jetzt 'ne Entschuldigung oder doch eher ein Vorwurf?

Ich ruf zurück, wenn ich zu Hause bin. Die Kartoffel und ihre Mama müssen ja nicht mithören.

Meine Ausbeute ist gar nicht so übel. Ich habe ein schönes Top ergattert, Ballerinas, ein Kleid mit Spaghettiträgern, eins mit Puffärmeln und Shorts. Ich nehme die Straßenbahn zurück, damit ich noch was essen kann, bevor Chris kommt. Aber erst mal umziehen.

Ich wetze die Treppe hoch. Bleibe vor meinem Zimmer stehen. Sehe mich um.

Shit!

Mareks Tür ist auf. Nur einen Spalt, aber sie ist auf. Hab ich vergessen abzuschließen, als ich das letzte Mal drin war? Glaube nicht. Ich drücke mit dem Fuß dagegen und sofort zieht sich mein Magen zu einem Klumpen zusammen.

Lisa war fleißig. Sie hat Mareks Sachen weggeräumt und sich ausgebreitet wie die Schweinegrippe. Ihre scheiß Blümchendecke liegt auf seinem Bett, ihre Strickjacke hängt überm Stuhl, der Schreibtisch ist leergefegt und Rudi hält 'ne scheiß Rose im Arm. Wahrscheinlich im Garten abgerissen.

Mir ist schlecht. Hat die Kuh das Schloss aufgefriemelt oder hat sie den Schlüssel geklaut? Ich stürme in mein Zimmer, reiße meine Nachttischschublade auf, wühle. Der Schlüssel ist weg. In Panik kippe ich die Schublade aus, aber nix. Als ich aufstehe, knackt es unter meinem Fuß. Bin auf das Schneckenhaus getreten.

Ich werfe Lisas Klamotten auf die Blümchendecke, ihre Schuhe auch, leere ihr Kosmetiktäschchen aus, rolle die

Decke ein und binde die Zipfel zu einem fetten Knoten zusammen. Schleife das Bündel aus dem Zimmer. Kurz überlege ich, ob ich es vor Mams Tür liegen lasse, aber das ist nicht gut genug. Ich kicke es zur Treppe, trete es runter. Es schlittert bergab, und ich renne hinterher. Mit noch ein paar Tritten hab ich's an der Haustür, will es zum Gartentor bugsieren.

Und genau jetzt schließt Lisa auf.

Sie schaut von mir zu ihrem Zeug.

»Magst du mir vielleicht verraten, was das werden soll?«

Diese Kuh.

»Na, Prinzessin?«

Mir wird heiß.

»Hast du das Sprechen verlernt?«

Sie tippt mit dem Fuß gegen das Bündel, sagt: »Trag das bitte wieder nach oben.«

Ich schüttele den Kopf.

»Du trägst das jetzt sofort wieder nach oben!«, schreit sie, und ich schreie zurück: »Du hast mir überhaupt nichts zu sagen!«

Ich schnappe meine Flip-Flops, zwänge mich an ihr vorbei aus der Haustür und renne zu meinem Fahrrad. Lisa flucht. Ich brettere los, als wäre eine Horde Skinheads hinter mir her.

In einer Seitenstraße rufe ich Chris an. Er ist schon auf dem Weg.

Wir treffen uns an der Eisenbahnbrücke und laufen hoch in den Wald. Zweimal muss ich stehen bleiben und mich vorneüber beugen, weil mein Bauch so weh tut, aber wir schaffen es zu der Lichtung, auf der mir klar wurde, dass ich auch bloß eine Schneeflocke bin, setzen uns ins Gras.

Als ich ihm erzähle, was ich gemacht habe, sagt er: »Geschieht ihr recht.«

»Am liebsten hätte ich das Zeug verbrannt. Auf Nimmerwiedersehen.«

»Glaube ich.«

»Ich hab so 'ne Allergie gegen die Frau. Neuerdings schreibt sie so beschissene Sprüche an unsere Kühlschranktafel: *Schick ein Lächeln in die Welt und die Sonne geht auf.* Oder: *Durch geputzte Fenster zeigt sich die Welt erfrischt.*«

Chris lacht. Ich rupfe büschelweise Gras aus.

»Wie war das noch mal mit dem Brüllen?«, frage ich.

»Willst du's versuchen?«

»M-hm.«

Er sieht mich an, überlegt.

»Du kniest dich hin. Konzentrierst dich darauf, wie sich der Lisascheiß anfühlt und dann brüllst du. Irgendwas. Kannst sie beschimpfen. Oder nur schreien. Wenn du magst, kannst du dabei mit den Händen auf den Boden schlagen.«

»Und hinterher fühlt man sich besser?«

»Ja.«
Na gut. Ich knie mich hin.
»Kannst die Augen zumachen.«
Ich mache die Augen zu. Ein Vogel zwitschert fröhlich, ich höre einen Bach. Wie soll ich denn hier schreien? Das ist doch total absurd.
»Stell dir vor, wie Lisa in dein Zimmer geht und die Schublade von deinem Nachttisch aufzieht.«
Mein Magen sticht.
»Diese Kuh«, rufe ich.
Klingt absolut lächerlich. Ich sehe Chris an.
»Augen zu«, flüstert er. »Stell dir vor, wie sie Mareks Sachen wegräumt und ihren Kram in seinem Zimmer verteilt.«
Fuck, ich bin so wütend!
»Diese Kuh!«
»Lauter!«
Ich haue auf den Boden, schreie: »Was fällt dieser Arschkuh ein? Die Arschkuh soll aus meinem Leben verschwinden! Arrrrrgghhhh!!!«
Ich haue und schlage und prügele auf den Boden. Ich schreie, so laut ich kann, bis meine Stimme wegbleibt. Dann lasse ich mich fallen und vergrabe den Kopf in den Armen.
Mir ist ein bisschen schwindelig, aber die Bauchschmerzen sind weg. Ich spüre Chris neben mir.

»Hallo«, flüstere ich.

»Hallo.«

Ich lege den Kopf an seine Schulter. Bin auf einmal furchtbar, furchtbar müde.

»Weißt du, wie ich da drauf gekommen bin?«, fragt er. »Rumzuschreien im Wald?«

Ich hab keine Lust zu reden, würde lieber einfach nur hier mit ihm liegen, aber ich frage: »Wie?«

»Hat mir jemand empfohlen.«

Er zerpflückt ein Blatt, sieht mich nicht an. Irgendwas ist komisch.

»Marek?«, frage ich.

»Nee.«

»Ein Mädchen?«

»Gott, nee!«

Er pustet das Blattgerippe weg, sieht mir in die Augen.

»Kannst du was für dich behalten?«, fragt er.

»Klar.«

»Ehrenwort?«

»Ja!«

Schweigen. Dann:

»Ich geh seit ein paar Monaten zu 'nem Therapeuten.«

Huch.

»Klaust du?«, frage ich.

Er schüttelt verdutzt den Kopf.

»Wieso?«

»In meiner Klasse musste mal jemand in Therapie, weil er dauernd geklaut hat.«

»Nee … ich klau nicht.«

In meinem Hirn rattert es. Ich erinnere mich an das Telefongespräch, wo er mir erzählt hat, wie schlecht es ihm an Weihnachten ging.

»Weil du nicht mehr schlafen konntest?«

»M-hm.«

Seine Backen sind rot. Ich glaube, er schämt sich.

»Hilft's denn?«, frage ich.

»Ja, schon.«

»Dann ist doch gut, oder?«

»Du findest das nicht … scheiße …oder … peinlich?«

»Quatsch.«

Wir sehen uns in die Augen und mein Magen macht einen Salto. Ich kann kaum glauben, dass dieser tolle Junge mich so mag, mir so geheime Sachen erzählt. Ich streichele seine Wange, und er fasst mich um die Taille. Den Kuss spüre ich bis in die Zehen.

»Wahnsinn«, flüstert Chris.

Wir liegen ganz eng aneinander, schieben uns gegenseitig die Hände unter die T-Shirts.

»Ich will nicht nach Hause«, flüstere ich.

»Dann bleib halt.«

»Ich mein heute Nacht.«

Er blinzelt.

»Willst du zu Theresa?«

Ich schüttele den Kopf.

Er macht den Mund auf, als wollte er was sagen, macht ihn wieder zu.

»Was?«, frage ich.

»Wir … könnten zelten.«

»Hm«, mache ich. Lache. »Wir könnten zelten.«

* * *

Ich warte im Auto, während Chris sein Zelt holt. Wir kaufen Sandwiches an der Tankstelle und nudeln die Serpentinenstrasse hoch zu einer Wiese, auf der Chris und Marek mal die Nacht durchgemacht haben. Dicke Brombeersträucher schirmen sie von der Straße ab, eine Schafherde grast auf der anderen Seite des Zauns.

Nach zehn Minuten steht das Zelt, schließlich sind wir Camping-Profis. Chris breitet ein Laken über die Isomatten und legt mir ein T-Shirt aufs Kissen, ich rolle die Schlafsäcke aus. Ein bisschen unheimlich ist mir schon.

»Ich seh mir mal unsere Nachbarn an«, sagt Chris und kriecht ins Freie.

Er läuft zum Zaun. Vielleicht ist ihm auch unheimlich.

»Sind Schafe wirklich doof, oder scheint das nur so?«, fragt er, als ich an den Zaun komme.

»Keine Ahnung.«

»Das da drüben? Das dünne? Sieht doch vollkommen dämlich aus, oder?«
Ein x-beiniges Wesen mit einem Haufen Löckchen auf dem Kopf glotzt mich an. Ich muss lachen. Es dreht sich weg.
»Fühlt sich beobachtet«, sagt Chris.
»Weiß ganz genau, warum wir lachen«, sage ich.
»Ist wahrscheinlich der Chef von dem Verein hier. Der Held, der schon drei Wölfe in die Flucht geschlagen hat.«
»Genau. Alles Tarnung.«
Chris legt die Arme um mich.
»Hast du deiner Mutter Bescheid gesagt, dass du die Nacht wegbleibst?«, flüstert er.
»Nee.«
»Meinst du nicht, sie macht sich langsam Sorgen?«
Ich zucke mit den Schultern. Ich hab ihm versichert, dass das in Ordnung geht mit meinen Eltern. Bin nicht scharf darauf, anzurufen.
»Ist doch erst halb neun«, sage ich.
»Lisa hat ihr bestimmt erzählt, dass ihr euch gekracht habt.«
»Na und?«
Chris antwortet nicht.
»Okay, okay.«
Ich ziehe mein Handy aus der Tasche und tippe.

»Sagst du, dass du mit mir bist?«

»Ist das ’ne gute Idee?«

»Finde schon. Sie soll ja nicht die Polizei rufen.«

Schlafe woanders. Chris auch hier, schreibe ich.

Ich schicke die Nachricht, und wir machen unsere Handys aus.

»Komm, ich hab Hunger auf den Bison«, sage ich.

»Den Sandwich-Bison in der Tanke-Tüte?«

»M-hm.«

Wir picknicken im Gras vor unserer Hütte. Als wir die Sandwiches aufhaben, werden die Schafe geholt (von einem Mann in Gummistiefeln, der uns winkt) und nach den Chips wird es dunkel. Der Mond versteckt sich hinter einer Wolkendecke. Es riecht nach Regen.

»Was meinst du?«, fragt Chris.

Hoffentlich kann er nicht sehen, dass ich rot werde. Wir kriechen ins Zelt und Chris schließt den Reißverschluss.

»Ähm«, sage ich.

»Ja?«

»Kannst du deine Jeans anlassen?«

»Klar.«

»Egal was?«

»Egal was.«

»Ich zieh jetzt das T-Shirt an.«

»Ich mach die Augen zu.«

Es ist so duster, dass man eh kaum noch was sieht, aber ich

bin trotzdem froh. Wir legen uns nebeneinander auf die Schlafsäcke und fangen an zu knutschen. Ich spüre seine Hand an meinem Rücken, knöpfe sein Hemd auf. Seine Haut ist so irre weich. Ich dachte immer, Männerhaut wäre rau. Er zieht mein T-Shirt hoch, küsst und streichelt mich. Wir wälzen uns in den Federn und der einzige Satz, den mein Hirn noch hinbekommt, ist, *Warum hab ich das mit der Jeans gesagt?*
Ich glaube, Chris will auch mehr, aber wir drücken und schieben uns nur gegeneinander, wie besoffene Ringer, bis wir irgendwann total k. o. in die Kissen fallen.

Wir schlafen nur ganz leicht, wachen immer wieder auf. Im Stockfinsteren streichelt Chris mein Handgelenk – da, wo die Pulsadern laufen, und das ist so seltsam, so zärtlich, dass mir fast das Wort mit L rausrutscht.

* * *

Ein Trippeln weckt mich. Erst weiß ich nicht, wo ich bin – meine Augen sind total verklebt – aber dann erinnere ich mich. Es ist scheiße heiß im Zelt, mein Mund ist vertrocknet, meine Backe pappt an Chris Brust. Vorsichtig ziehe ich die Tür auf. Regen weht herein und Chris mault, hält sich den Arm übers Gesicht. Ich krieche ins Freie.
Es ist neblig. Ich kann über die kleine Wiese schauen, auf

der gestern die Schafe geweidet haben, aber der tiefer gelegene Wald verschwindet im Weiß. Es sieht aus, als wären massenweise Wolken zur Erde gesunken und hätten das Tal angefüllt. Unsere Wiese ist eine Insel im Wolkenmeer.
Ich laufe zum Zaun. Gucke, wie die Wolken unter mir rumdriften, lasse mich von denen über mir nassregnen.
»Frühstück?«
Chris hält mir eine Coladose entgegen. Ich trinke ein paar Schluck. Der Regen tropft von unseren Wimpern und Nasen.
»Was geträumt?«, fragt Chris.
Seine Augen sind noch ganz weich. Seine Stimme auch. Ich lehne mich an ihn.
»Bin geflogen.«
»Was Gutes gesehen?«
»Nur Wasser. War am roten Meer. Bin hochgestiegen, Hunderte von Metern, und dann runtergesegelt. Immer wieder.«
Sein Mund ist warm an meinem Ohr.
»Klingt ein bisschen wie mein Lieblingstraum«, flüstert er.
»Wie geht der?«
»Ich falle hintenüber, rausche rückwärts durch die Luft, immer weiter, ohne je irgendwo aufzukommen.«
Ich versuche, mir das vorzustellen.

»Hast du da keine Angst?«, frage ich.
»Nee.«
Ich mache die Augen zu, lasse mich von ihm wärmen. Und mir fällt was ein.
»Ich hab neulich geträumt, ich war ohnmächtig. Da hat's mich auf dem Boden rumgerollt und geworfen wie bei 'nem Anfall oder so. Hab alles mitbekommen, hatte aber überhaupt keine Kontrolle mehr. Das hat sich auch ziemlich gut angefühlt.«
»Dann würdest du auch gerne fallen.«
»Meinst du?«
»Jede Wette.«
Am liebsten würde ich einfach hier oben bleiben, im Regen.
»Wir müssen zurück«, sagt Chris. »Ich muss um zehn in der Werkstatt sein.«
»Ich mag nicht runter.«
Er küsst meine Schläfe.
»Ich auch nicht.«

KAPITEL 25

Noch bevor ich den Schlüssel im Schloss hab, öffnet Mam die Haustür.

»Himmel, Annika!«

Ihre Haare sind wirr, aber sie sieht mir in die Augen, zum ersten Mal seit Tagen.

»Ich hab die ganze Nacht wachgelegen!«

Ich streife meine Flip-Flops ab. Lisas Pumps unter der Garderobe erinnern mich an gestern, die Wut kommt wieder hoch.

Mam sagt: »Du kannst nicht einfach eine SMS schreiben und dann dein Handy ausschalten! Ich war kurz davor, die Polizei zu rufen!«

Ihre Hand flattert an ihrer Brust, so aufgebracht ist sie.

»Ich hab doch geschrieben, dass ich mit Chris zusammen war.«

»Ja, das hat mich auch ein bisschen beruhigt, aber …«

Sie schiebt mich in die Diele. Nehme an, die Gäste sollen nicht mithören können.

»… Chris kann ja nicht immer auf dich aufpassen, er will sich doch auch amüsieren.«

Gott, wo soll man da anfangen?

»Dir kann sonst was zustoßen«, redet Mam weiter. »Wenn du auf einer Party bist mit Jungs, da braucht nur jemand zu viel trinken …«

»Ich bin kein kleines Kind mehr, auf das man aufpassen muss!«

Mam reibt sich die Stirn.

»Komm, ich mach dir erst mal Frühstück.«

»Kein Hunger.«

Das ist gelogen, mein Magen grummelt schon seit einer Stunde, aber ich hole mir lieber später was.

»Du musst doch was essen.«

»Muss ich nicht.«

Mam schließt die Augen, als wär das hier eine ganz üble Prüfung für sie.

»Annika«, sagt sie.

Ich laufe die Treppe hoch.

»Annika!«

Sie kommt mir ein paar Stufen nach.

»Wir müssen doch miteinander reden!«

Seh ich anders.

Die Tür zu Mareks Zimmer steht weit auf, damit mir auch ja nicht entgeht, dass Lisa wieder eingezogen ist. Die weiß genau, was sie tut.

Auf meiner Türklinke balanciert ein Brief. Von Papa. Hat er den in der Nacht geschrieben? Nee, ist 'ne Briefmarke drauf, der kam mit der Post. Ich mache meine Tür zu und lese.

Liebe Annika,
Ich bin ziemlich traurig darüber, dass ich dich kaum noch zu Gesicht bekomme. Ich weiß, dass du wütend auf mich bist, und kann das auch verstehen, aber ich hoffe trotzdem sehr, dass wir uns bald wieder regelmäßig sehen.
Vielleicht hilft diese Neuigkeit: Ich habe eine Wohnung gefunden und sie hat ein Zimmer für dich, damit du mich besuchen kannst, wann immer du willst. Die Möbel sollst du dir natürlich selbst aussuchen. (Sag Bescheid, wenn du Lust auf einen Einkaufsbummel hast.)
Die Küche ist so groß, dass man ein Sofa reinstellen kann, und die Zimmer haben abends Sonne. Das magst du doch auch, oder? (Ich erwarte nicht, dass du vor Freude in die Luft springst, ich weiß, dass das alles sehr schwer für dich ist.)
Ich hoffe, du weißt, wie schrecklich lieb ich dich habe.
Dein Papa.

Ich hole das Telefon aus dem Flur, wähle Papas Büronummer. Nach zweimal Klingeln nimmt er ab.
»Wo *warst* du?«, fährt er mich an.
Und ich hatte gedacht, Mam hätte meinen Ausflug für sich behalten.

Es folgt eine kleine Reprise des Gesprächs mit ihr. Er regt sich fürchterlich auf. So sauer war er nur ein einziges Mal auf mich: Als Theresa und ich vor ein paar Jahren die Alkoholsammlung meiner Eltern durchprobiert haben, sturzbetrunken auf dem Teppich im Wohnzimmer eingeschlafen sind und die Nacht im Krankenhaus bleiben mussten.

Ich sage wieder, dass ich kein kleines Kind mehr bin.

»Ihr macht, was ihr wollt, und ich mach, was ich will«, sage ich.

»Himmelarsch«, schimpft Papa. »Wir können dir wirklich nicht alles erlauben, nur weil du es willst!«

»Es interessiert euch doch auch nicht, wie ich finde, was *ihr* macht.«

Er atmet aus. Ich glaube, er versucht, sich zu beruhigen.

»Es interessiert mich sehr, was du denkst«, sagt er. »Du kannst jederzeit mit mir reden, das weißt du!«

»Ja, ich kann sagen, wie scheiße ich es finde, dass du ausgezogen bist, aber das war's auch. Du bleibst trotzdem weg. Und Lisa bleibt hier.«

Hab ich gut auf den Punkt gebracht, finde ich.

Papa schweigt einen Moment. Dann sagt er: »Das ist schon richtig, und das tut mir auch sehr leid. Du darfst aber trotzdem nicht einfach wegbleiben. So ungerecht das auch sein mag.«

Ungerecht, genau!

Ich falte den Brief auseinander.

»Ich wollte dich eigentlich was fragen«, sage ich.

»Ja?«

»Ich hab deinen Brief gekriegt.«

»M-hm?«

»Ich wollte fragen, ob ich zu dir ziehen kann.«

Stille.

Dann sagt er leise: »Das fände ich sehr schön.«

»Echt?«

»Ja. Aber deine Mutter will, dass du bei ihr wohnst.«

»Was ich will, zählt nicht?«

Mehr Stille.

»Ich hab da nix zu melden?«, frage ich.

»Doch, natürlich. Du bist ja fast sechzehn.«

»Aber?«

»Ich kann ihr jetzt nicht auch noch die Tochter wegnehmen.«

»Du hast ein schlechtes Gewissen.«

»Ja.«

»Und deswegen muss ich hierbleiben? Das ist ja wohl pervers.«

»So einfach ist das alles nicht …«

»Ja, bla.«

Obwohl ich nur ein paar Minuten Zeit hatte, mir Hoffnungen zu machen, bin ich total enttäuscht.

Er versucht noch, mir das Versprechen abzunehmen, dass

ich nicht wieder ohne Erlaubnis wegbleibe, abends, aber ich weigere mich.
»Das ist mir wirklich sehr wichtig, Annika.«
»Dein Problem.«
In dem Moment, wo ich auflege, fällt mir Theresa ein. Ich hab ganz vergessen zurückzurufen.
Es klingelt viermal, fünfmal, dann geht sie ran.
»Fräulein Müller«, sagt sie, so ganz von oben herab.
»Hallo.«
»Ich dachte, du wärst ausgewandert. Oder von 'nem Hai gefressen.«
»Ich war in 'ner Umkleidekabine, als du angerufen hast. Und dann ist so viel passiert, da bin ich nicht dazu gekommen, dich zurückzurufen.«
Sie antwortet nicht.
»Hab ich das richtig verstanden?«, frage ich. »Du wolltest dich entschuldigen?«
»Ich *habe* mich entschuldigt!«
»Hast du nicht. Du hast nur gesagt –«
»Boa, Annika! Du immer mit deiner Erbsenspalterei. Das geht mir so auf die Nerven!«
Erbsenzählerei, denke ich. Und *Haarspalterei.*
»Wirklich, ich hab überhaupt keine Lust mehr auf dieses Gespräch«, sagt sie. »Mach's gut.«
»Theresa?«
Sie hat eingehängt.

Von mir aus.
Ich hole den A3 Malblock von meinem Schrank, schreibe »KEEP OUT« auf ein Blatt und klebe es an meine Tür, rein symbolisch – ich werde natürlich in Zukunft abschließen.
Dann sammele ich den Kram aus meiner Nachttischschublade auf. Ich schaffe es nicht, die Überreste des Schneckenhauses wegzuwerfen, lege sie in einen Briefumschlag.
Im *Globus* hab ich mal gelesen, dass Feng-Shui-Meister Räume mit Gongs und Rauch reinigen, wenn sich die falschen Leute darin aufgehalten haben. So was bräuchte ich jetzt.

KAPITEL 26

Sonntagnachmittag, eine Woche später. Ich stehe kauend vor dem Kühlschrank, lese Lisas neuesten Spruch: *Das Leben ist kein Ponyhof.* Gott, wie deprimierend. Ich wische ihn weg und schreibe *Das Leben ist kein Knäckebrot* hin.

»Huhu, ist hier jemand?«, höre ich eine Frau rufen. »Hallo?«

Ich spüle den Donut mit Wasser runter und laufe vor zur Rezeption. Die Frau lehnt in der Tür, hält ihre rechte Hand hoch. Sie blutet.

»Brauchen Sie Verbandszeug?«, frage ich.

»Wenn ihr welches dahabt … Ist nur ein kleiner Schnitt, aber ich würde ihn gern desinfizieren. Ein Pflaster wäre auch nicht schlecht.«

Ich hole die Erste-Hilfe-Dose aus dem Schreibtisch.

»Bitte schön.«

»Könntest du mir vielleicht helfen? Ich bin so ungeschickt mit links.«

»Ja, klar.«

Ich tupfe das Blut weg und sprühe Jod auf die Wunde. Die Frau beißt sich auf die Lippen, lacht mich an. Sie ist ungefähr so alt wie Mam, vielleicht ein paar Jahre jünger. Ich mag ihre Grübchen.

»Machen Sie hier Urlaub?«, frage ich.

»Ich suche eine Wohnung. Im Oktober fang ich einen Job an der Uni an – ich komme aus Köln. Ist aber gar nicht so einfach.«

»Ich weiß. Mein Vater hat auch wochenlang gesucht. Meine Eltern haben sich nämlich grade getrennt.«

Warum erzähle ich das?

»Tut mir leid«, sagt Frau X.

»Können Sie ja nichts für.«

Ich reiße eine neue Pflasterpackung auf, schneide ein Pflaster zurecht. Als ich es um ihren Finger wickele, geht die Haustür auf und Lisa spaziert herein.

»Hallöchen«, sagt sie.

Sie kommt ins Büro, schüttelt Frau X die linke Hand. Als wäre sie hier die Chefin.

»Alles gut bei Ihnen?«

»Ja, ja. Ihre Tochter hat mich ganz wunderbar verarztet.«

Ich sage: »Das ist nicht meine Mutter«, im selben Moment, in dem Lisa »Das ist nicht meine Tochter« sagt.

»Upps«, sagt Frau X.

»Aber so ganz daneben liegen Sie nicht«, sagt Lisa und zwinkert Frau X zu. »Wir verstehen uns ungefähr genauso schlecht.«

Frau X lacht, sagt: »Ist eine schwere Zeit, ich weiß. Meine Schwester hat auch eine Tochter in dem Alter«, als wäre ich nicht da. Als hätten wir uns nicht gerade miteinander unterhalten.

Ich murmele »Gute Besserung!« und laufe aus dem Büro.

»Sie ist furchtbar empfindlich«, höre ich Lisa. »Aber das kriegen wir schon noch hin.«

Ich renne rauf in mein Zimmer und schlage die Tür zu.

Marek hat geschrieben:

Hallo Schwesterherz
wollte mich mal wieder melden. Hast vielleicht schon gehört, dass ich in den Rocky Mountains war. Anbei ein Foto.
Take care
Marek

Tipp dir bloß nicht die Finger wund.

Unten dran hängt ein Foto von Marek auf einem roten Felsen. Er guckt ohne Lächeln in die Kamera, hinter ihm türmen sich endlos rote Berge. Ich frage mich, wer das Foto geschossen hat. Ein anderer Touri? Ein Mädchen vielleicht?

Als ich den Bildschirm ein Stück nach hinten kippe, schaue ich in mein eigenes unglückliches Gesicht. Und ich dachte immer, es ist alles gut, wenn man verliebt ist.

KAPITEL 27

Ich sehe Theresa, bevor sie mich sieht.

Ein Typ aus Chris' alter Klasse feiert Geburtstag, eine Gartenparty, und Theresa sitzt in einer lauten Runde am Teich. Mir bleibt tatsächlich für einen Moment das Herz stehen. Am liebsten würde ich auf der Stelle umkehren und nach Hause fahren. Ich schaue Chris an, ob er sie auch bemerkt hat, aber er steuert auf Mehmet zu.

Sie hauen sich auf die Schultern, Mehmet lacht mich an.

»Ich seh mich mal um«, sage ich.

Will weg von Theresa. Außerdem hab ich mir vorgenommen, nicht an Chris zu kleben.

Ich folge dem Holzsteg, der in den hinteren Teil des Gartens führt. Lampions leuchten den Weg, Elektrozeug pulst leise aus unsichtbaren Boxen. Ich hasse solche Musik.

Hinter riesigen Rhododendronbüschen finde ich ein Deck mit Hollywoodschaukel. Hier ist auch die Anlage. Ein paar Mädchen tanzen, die Jungs stehen mit Bierflaschen in der Hand drumrum und schauen zu. Einige Leute erkenne ich vom Schulhof, Zwölftklässler und Abiturienten, aber sie erkennen mich nicht, klar. An einem Tischchen neben dem DJ bastelt ein Typ mit langen schwarzen Haaren Cocktails. Ich glaube, der war in Chris' Klasse.

»Na?«, sagt er. »Und wer bist du?«

»Annika.«

»Kennen wir uns?«

Ich schüttele den Kopf.

»Bin mit Chris hier.«

Keine Ahnung, wie Chris es fände, wenn ich mich als seine Freundin vorstellen würde.

»Ahhh …«, sagt der Typ und streckt mir die Hand hin. »Tim.«

»Du hast Geburtstag.«

»So isses. Was willst du trinken?«

»Ähm …«

»Wie wär's denn mit 'nem Caipi?«

»Klar.«

Wenn's nicht schmeckt, stell ich's einfach irgendwo ab. Ich sehe zu, wie er eine Limone viertelt und in einem Glas zerdrückt.

»Und wie lange kennst du Chris?«, fragt er.

»Lange.«

»Einen Monat? Zwei?«

Sehr witzig. Als ich nicht antworte, sagt er: »Sorry. War nicht so gemeint.«

Er schippt ein paar Löffel braunen Zucker ins Glas und füllt es mit zerkleinerten Eiswürfeln auf. Dann kommt irgendein Schnaps dazu. Er rührt. Rechtsrum, linksrum. Und hält plötzlich inne.

»Du bist nicht zufällig die kleine Schwester von Marek, oder?«

»Doch.«

»Ach so. Mensch. Hallo!«

Was is'n jetzt los? Chris scheint irgendwelche positiven Sachen über die kleine Schwester von Marek erzählt zu haben.

Tim steckt zwei Strohhalme ins Eis und reicht mir das Glas.

»Nice to meet you«, sagt er.

Ich glaube, ich bin der jüngste Mensch hier, auch die Mädchen sehen alle aus wie achtzehn. Essen gibt es keins. Weil ich nicht dumm rumstehen will, quetsche ich mich in die dunkle Ecke der Hollywoodschaukel. Die vier Mädels neben mir stoßen sich mit den Füßen vom Deck ab und wir schaukeln. Das Ding quietscht. Wenn es vorrauscht, macht es *wuschhh*, auf dem Rückweg *iiiek.*

»Wann fängst du an?«, fragt die neben mir ihre Nachbarin.

»In drei Wochen.«

»Schon?« Sie beachten mich überhaupt nicht.

Als der DJ das Elektrozeug abdreht und was Altes, Funkiges auflegt, stehen die Mädels auf und fangen an zu tanzen. Ich kenne das Lied von Marek: *I don't wanna lose – this good thing* … Ich schließe die Augen, schaukele weiter. Mein Herz tut mir weh, so allein fühl ich mich.

Mein Glas ist leer, der Strohhalm liefert nur noch Gespotze. Wenn ich mich aus den Kissen wühlen kann, hole ich mir ein zweites Glas.

Oder auch nicht: Fünf Meter von mir entfernt steht Theresa an der Bar, neben Gregor. Wenn mich nicht alles täuscht, flirtet sie mit Tim. Jedenfalls lacht sie laut, als er ihr was ins Ohr flüstert, und tippt sich an die Stirn. Ich glaube, Gregor findet das nicht so toll. Er fasst sie um die Taille, versucht, sie an sich zu ziehen, aber sie windet sich aus seiner Umarmung und – sieht mich. Sagt was zu Gregor. Starrt mich an. Vielleicht sollte ich einfach an ihr vorbeistiefeln, nach vorne zu Chris, und ihn fragen, ob wir gehen können.

Zu spät, Theresa kommt zur Schaukel.

»Hier noch frei?«

Ohne meine Antwort abzuwarten, lässt sie sich neben mich in die Kissen fallen. Wir sitzen einen Moment stumm da, dann bringt sie die Schaukel in Gang.

Iiiiek, wuschhh, iiiiek, wuschhh.

Früher war es so einfach, sich zu versöhnen. Ich hab ihr eine Tafel Schokolade geschenkt, oder sie hat mir einen Stern ins Matheheft gemalt, und schon war alles wieder gut.

Iiiiek …

»Müsste mal geölt werden, das Ding«, sagt sie.

»M-hm«, mache ich.

Wir schaukeln.

Die Mädchen, die vorhin neben mir saßen, tanzen jetzt im Kreis. Sie scheinen alle in denselben Tanzkurs zu gehen, haben dieselben Bewegungen drauf. Total albern. Wenn Theresa und ich keinen Streit hätten, würden wir uns über sie lustig machen, jede Wette.

»Du kannst ganz schön doof sein«, sagt Theresa. »Verbohrt und besserwisserisch.«

»Verbohrt?«

»Ja. Wie so 'n kleiner Terrier, der sich an 'nem Knochen festbeißt.«

»Ein verbohrter Terrier?«

»Ja!«, lacht sie. »Ein scheiß verbohrter kleiner Terrier!«

Vielleicht ist derdiedas Caipi schuld, aber ich muss auch lachen. Ich sehe ein Hündchen vor mir, mit einem rotgrün karierten Schleifchen auf dem Kopf, das hingebungsvoll einen Knochen zerfetzt.

»Danke für das Kompliment«, sage ich.

»Aber gerne doch. Jederzeit …«

Die Mädels tanzen jetzt hintereinander, mit den Händen auf den Schultern der Vorfrau. Ich glaube, sie tun so, als wären sie Backgroundsängerinnen. Theresa guckt

auch. Plötzlich hab ich Angst, dass sie gleich aufsteht und geht.
Sie sieht mich an.
»Das mit Chris …«, sagt sie. »Tut mir wirklich leid.«
Ich schlucke, atme ein paarmal ein und aus.
»Okay«, sage ich schließlich.
»Okay?«
»M-hm.«
Sie seufzt.
»Magst du tanzen?«, fragt sie.
Es läuft *Respect* von Aretha Franklin.
Theresa hopst gleich los, lässt ihr Minikleid wippen; ich twiste erst mal verlegen hin und her. Meine Bewegungen fühlen sich eckig an, als wäre die Übertragung zwischen meinem Hirn und meinen Füßen gestört. Sieht bestimmt hässlich aus. Theresa hüpft rüber zur Bar, holt Gregor auf die Tanzfläche.
Ich fange an, mich zu drehen, das ist einfacher. Erst langsam, dann immer schneller, mit ausgestreckten Armen. Ich fühle meine Haare fliegen, die Lampions verwischen zu bunten Lichtbahnen, die Party rauscht an mir vorbei. Ich bin ein Kreisel, ein Derwisch, rum und rum, und alles flirrt.
Dann krache ich gegen jemanden, falle. Jemand anders fängt mich, stellt mich aufrecht hin, aber in meinem Kopf kreiselt es weiter. Ich glaube, ich lache. Am Rand der Tanz-

fläche sehe ich Chris. Er kommt zu mir, legt die Arme um mich.
»Ich hab dich gesucht!«
Wir tanzen eng aneinander, küssen uns. Ich hab nur noch Wolle im Kopf.

* * *

Der Himmel ist klar, und der Mond leuchtet uns. Trotzdem kriege ich die Heringe kaum in die Schlaufen, meine Koordination ist irgendwie komisch. Ich stochere und rühre in der Erde rum, immer knapp daneben. Derdiedas Caipi?
»Was machst'n du da?«, fragt Chris.
»Ich lande ein Flugzeug, sieht man doch.«
Er lacht und ich lache auch.
»Wieviel hast'n du getrunken?«, fragt er.
»Nur 'n bisschen.«
Er guckt skeptisch, fragt aber nicht weiter.
Als wir auf den Schlafsäcken liegen, dicht aneinandergeschmiegt, kippt der Boden unter uns weg, und wir fallen durch die Nacht. Ich fühle mich vollkommen geborgen.
»Willst du mit mir schlafen?«, flüstere ich.
Chris sieht mich an.
»Ist das 'n Angebot?«
»Ja.«

»Was glaubst du?«

Wir wälzen uns eine Weile umher, wie im Delirium, fallen immer weiter, und ich habe gar keine Angst. Die Dunkelheit ist warm, ich will nie wieder die Augen aufmachen.

»Annika«, flüstert Chris.

»Hm?«

Er sieht mich an, streicht mir mit dem Daumen über die Backe. Irgendwas stimmt nicht.

»Was?«, frage ich.

»Wir sollten noch warten.«

»Wieso?«

»Weil du betrunken bist … Ich will nicht, dass du morgen aufwachst und es bereust.«

Der Boden ist wieder da, hart und uneben unter der Isomatte.

»Tu ich nicht. Bestimmt.«

Er fährt mit dem Finger am Ausschnitt meines Kleides entlang.

»Ein andermal«, sagt er. »Ohne Schwips.«

Der Typ ist verrückt. Oder er will eigentlich doch nicht. Ich setze mich auf, könnte heulen vor Frust.

»He.«

Er legt mir die Hand auf den Rücken. Sie ist warm, ich spüre, wie sich meine Rippen unter ihr heben und senken. Schwindelig ist mir.

»Du bist nicht irgendein Mädchen für mich.«

Ich schlucke, versuche, den Kloß in meinem Hals wegzukriegen.
»Verstehst du?«
Ich schüttele den Kopf.
»Du bedeutest mir was. Ich will keine schnelle Nummer mit dir, an die du dich morgen nur noch halb erinnerst.«
Ich sehe ihn an, hoffe, dass er das mit dem ›Bedeuten‹ vertieft.
»Ein andermal«, sagt er wieder.
Da ist nichts zu machen, glaube ich.
»Na gut.«
Er küsst mich, legt die Stirn an meine, und ich kuschele mich an ihn. Bin so enttäuscht.

* * *

Es ist finster. Mein Magen fühlt sich an, als hätte ich ein Kilo saure Gummischlangen gegessen, mein Hirn, als wär es über Nacht eingeschrumpelt. Ich taste nach der Wasserflasche, trinke.
»Lass mir was über«, krächzt Chris.
Ich reiche ihm die Flasche.
»Mir ist schlecht«, sage ich.
»Musst du kotzen?«
»Nee.«
Chris rülpst.

»Sonst tauschen wir lieber die Seiten, damit du rechtzeitig rauskannst.«

»Ich muss nicht kotzen.«

Ich nehme ihm die Flasche ab. Ist kaum noch was drin.

»Ich verdurste.«

»Ich auch.«

»Ham wir noch was im Auto?«

»Ich glaube.«

»Kommst du mit?«

Er lacht.

»Hast du Angst vor Kaninchen?«

»Ja.«

Als ich stehe, dreht sich alles.

»Hei-jei-jei«, sagt Chris.

Arm in Arm stolpern wir zum Auto.

»Wo ist der Mond hin?«, frage ich.

»Na, rate mal.«

Als wir getrunken haben und zusammen am Auto lehnen, kommt eine Brise auf und weht durch mein T-Shirt. Ich lehne mich gegen Chris.

»Du?«, sage ich.

»Ja?«

Ich höre einen Bach gurgeln. Der Wind raschelt in den Bäumen. Ich fühle mich ganz leicht, als wäre ich mit Helium gefüllt.

»Könntest du nicht erst zum Sommersemester nach München gehen? Und in der Zwischenzeit bei uns wohnen? Ich mein, wenn Mam Lisa einquartieren kann, ohne mich zu fragen, kannst du bestimmt auch … Die Couch in Papas Arbeitszimmer ist ziemlich bequem, da hab ich auch schon drauf geschlafen.«

Mir ist, als würde Chris die Luft anhalten. Er schiebt mich ein kleines Stückchen weg, schüttelt den Kopf. Ich hätte nicht fragen sollen.

Er wirft die leere Flasche ins Auto, drückt die Tür zu.

»Komm«, sagt er. »Ist erst vier.«

Hätte ich doch den Mund gehalten.

* * *

Mam wartet auf den Stufen vor dem Haus. Als Chris hält, rappelt sie sich hoch, und bevor ich was sagen kann, ist er ausgestiegen und am Gartentor. Mam läuft ihm entgegen, scheuert ihm eine.

»… Vertrauensbruch …«, höre ich. »Wie kannst du nur …!«

Chris hält sich die Backe. Ich glaube, er ist genauso geschockt wie ich. Ich hab mein ganzes Leben noch keine Ohrfeige von meiner Mutter bekommen, er natürlich auch nicht.

Ich steige aus. Mal sehen, ob ich auch eine fange.

Nee, aber Chris ist sauer.

»Ich dachte, es ist okay, dass wir die Nacht wegbleiben!«, fährt er mich an.

Ich zucke mit den Schultern.

»Du hast gesagt, das geht in Ordnung!«

Warum macht er so ein Drama daraus?

Mam beguckt mich, als wäre ich ihr völlig fremd.

»Habt ihr Drogen genommen?«, fragt sie.

»Nein!«, antworten Chris und ich gleichzeitig.

Ich will schon wieder weg.

Sie sagt: »So geht es nicht weiter, Annika.«

»Tatsache.«

»Ich muss los«, sagt Chris. »Krieg sonst Ärger mit der Werkstatt.«

Er macht eine Bewegung, als wollte er mich berühren. Ich hebe die Hand und gehe ins Haus, lasse ihn einfach stehen.

Mam läuft mir nach.

»Was ist das mit Chris?«, fragt sie, als wir in der Küche sind. »Seid ihr ... *zusammen*?«

»Vielleicht.«

Ich nehme ein Glas vom Regal.

»Das musst du doch wissen«, sagt sie. »Du kannst doch nicht einfach ... mit einem Jungen ... Du hast ja keine Vorstellung ...«

Plötzlich hab ich eine Riesenwut. Ich knalle das Glas auf den Tresen.

»Lass. Mich. In Ruhe!«, brülle ich.

Sie glotzt mich an. Legt sich die Hand an die Kehle.

»Oh Gott, Annika. Hat Chris ... hat er etwas gemacht, was du nicht wolltest?«

Wie kann man nur so vernebelt sein?

Ich schreie: »*Du* machst was, was ich nicht will! Du quetscht mich aus, du mischst dich ein ...«

»Das ist meine Aufgabe, meine Verantwortung!«

»Ist es nicht!«

»Doch! Deine Probleme sind auch meine!«

Ich will die Teller zerdeppern, die Gläser zerschmeißen, den Kühlschrank umkippen. Ein Tornado soll kommen und das Haus zerlegen.

»Du willst ja nur nicht über deinen eigenen Scheiß nachdenken!«, schreie ich und stürme aus der Küche.

Wenn ich noch ein bisschen schneller trete, hebe ich ab, bestimmt. Meine Oberschenkel brennen, die Landstraße flimmert vor meinen Augen, mit jedem Tritt knirschen die Pedale mehr. Ich stelle mir vor, wie das Blut durch meinen Körper rast, wie mein Herz hämmert. Soll sie doch mit dem Haus in die Luft fliegen, meine Mutter!

Ich fahre am Baggersee vorbei, durch Wälder und Felder, holpere über eine Wiese, brettere einen Hügel runter, *drrrrrrrrrrrrrr* vibrieren meine Hände am Lenker, es schüttelt mich durch und durch. Gleich haut's mich hin, bestimmt. Ich rumpele weiter, bergab Richtung Fluss, bis ich unten an der Straße bremse, es ganz un-

spektakulär knack macht und mein rechtes Pedal abfällt.
»Fuck!!!«, schreie ich. »*Fuck! Fuck! Fuck!!!*«

* * *

Hab den Abzweig zufällig entdeckt, wusste nicht mal, dass ich so nah war. Das Gras ist mittlerweile braun, und die Kastanien am Ufer lassen ihre Blätter fallen – Mitte August! Hat wohl nicht genug geregnet diesen Sommer.
Ich hieve mich auf den Felsen und sehe mich um. Da liegt die zerknautschte Coladose, die Chris gefilmt hat, der Baumstamm, auf dem ich balanciert bin. Alles vollkommen gewöhnlich, überhaupt nicht besonders.
Ich mache mein Handy an, will gucken, ob Chris angerufen hat, aber ich kriege keinen Empfang. Ich lege mich auf den Felsen, streife meine Flip-Flops ab, lasse die Sonne senkrecht auf mich runterknallen. Es ist ganz still und hinter meinen Lidern flimmert es – orange, gelb, weiß. Die Sonne brennt mich weg wie einen Wassertropfen.
Ich laufe barfuß über heißen roten Sand. Will rennen, über die Dünen wegfliegen, aber es ist viel zu weit, das schaff ich nie. Wie bloß können sich Züge verfahren? Und einen dann aussetzen, mitten im Nirgendwo?
Ah, der Sand besteht aus winzig kleinen Meteoriten! Jedes Korn hat einen flüssigen Lavakern und mit jedem Schritt

zertrete ich zig Körner. Die Lava bricht heraus, fließt über meine Füße und brutzelt meine Beine hoch. Klar, dass hier keiner wohnt.
Ich folge einem Schwarm Bienen, aber sicher bin ich nicht, vielleicht sind das in Wirklichkeit Hornissen. Eine besonders große brummt mir um den Kopf, wie ein Helikopter so laut. Ich weiß, dass ich nicht nach ihr schlagen darf, aber ich tu's trotzdem, kann meine Arme nicht kontrollieren. Meine Hand knallt gegen sie und ich wache auf.
Mein Kopf tut weh, mir ist schlecht. Ich rutsche vom Stein und übergebe mich. Krabbele ein paar Meter weiter in den Schatten, lege mich ins Gras. Hätte ich doch Wasser mitgenommen. Ich wünschte, ich könnte meinen Kopf in einen Brunnen tauchen und trinken, trinken.

* * *

Es ist dunkel, kurz nach neun, kann das sein? Vorsichtig setze ich mich auf. Mein Kopf brummt. Ich muss so schnell wie möglich zurück zur Straße, mein Rad finden und irgendwie mit dem einen Pedal ... Mein Kopf hämmert. Nicht kotzen, nicht kotzen.
Ich stolpere, diese scheiß Steine überall. Aber da ist die Biegung, die Stelle, wo ich runtergekommen bin. Gott, ist mir schlecht, alles dreht sich. Ich sehe Autos, Lichter, hab's

fast geschafft. Und da ist mein Rad. Mein Handy erinnert sich auch. Piepst eine Nachricht und noch eine, und noch eine, alle von Chris.

Erst hört er sich besorgt an, dann sauer. Habe Herzklopfen, als ich seine Nummer wähle.

»Hallo?«

Er klingt gestresst.

»Warte mal«, sagt er.

Ich höre ein Knirschen, wie Reifen auf Kies, dann ist er wieder da.

»So, jetzt.«

»Bist du mit dem Auto unterwegs?«

»Ja, ich such dich, du Nuss! Komm grade von der Wiese oben.«

»Bin auf der Landstraße zum Baggersee. Hinter dem Dorf mit dem Betonweinblatt auf dem Kreisverkehr.«

Meine Zunge stört beim Reden. Sie liegt dick und faul in meinem Mund und will sich nicht bewegen.

»Mein Rad ist kaputt. Das Pedal ist abgekracht.«

»Schiebst du, oder was?«

»M-hm.«

Ich warte, dass er anbietet, mich zu holen, aber er schweigt.

»Du gehst jetzt wahrscheinlich schlafen«, sage ich. »Oder?«

Chris schnaubt.

»Klar, ich fahr nach Hause und hau mich ins Bett, während du dein Rad durch die Pampa schiebst.«
In der Leitung klirrt es.
»Du musst schon fragen, wenn du willst, dass ich dich hole.«
Ich will ihm nicht zu nahe kommen, so wie ich rieche. Er starrt mich einen Moment an, dann nimmt er mein Rad und packt es in den Kofferraum.
Wir steigen ein.
»Hast du was zu trinken dabei?«, frage ich.
Er angelt eine halbvolle Wasserflasche vom Rücksitz und ich spüle mir den Mund aus, trinke. Chris fährt los, ich mache die Augen zu. In meinem Kopf hämmert es im Takt mit meinem Herzen. Hoffentlich muss ich mich nicht noch mal übergeben.

* * *

Chris öffnet die Beifahrertür.

Wir gehen zum Haus. Woher kommen diese Wellen im Gartenweg?

Ich versuche, den Schlüssel aus der Tasche meines Kleides zu ziehen, aber meine Hand tut zu weh. Chris fummelt ihn raus.

Ich sitze auf dem Klodeckel, Chris lässt Wasser in die Wanne ein.
»Nicht bewegen«, sagt er.

Bin allein mit dem Hämmern.

Ich wanke zum Waschbecken, nehme meine Zahnbürste. Meine Hand ist geschwollen, rot. Oh. Ich hab eine Farbe wie Räucherlachs.

Ich hänge unterm Hahn, lasse wunderbar kaltes Wasser über meine Hände laufen, über mein Gesicht.

Chris kommt mit einem großen Glas. Ich trinke.

Das Licht ist aus. Ich liege in der Wanne, in kühlem Wasser. Hab meine Unterhose an. Seltsam. Chris sitzt auf einem Hocker, streicht mir die nassen Haare aus dem Gesicht. Langsam wird das Hämmern leiser.

KAPITEL 28

Es ist hell, mir ist heiß, meine Augen wollen nicht aufgehen. Als ich das Laken wegschiebe, brennt es auf meinen Oberschenkeln. Jemand flüstert: »Hey.«

Ich wende den Kopf, noch ein Stückchen, Augen auf, und sehe Chris, neben mir in meinem Bett. Er berührt meinen Ellbogen. Ich rolle in seine Arme.

»Annika«, flüstert er.

»Mmm.«

Meine Beine brennen wie Hölle, wo sie gegen seine drücken, und meine Schultern tun weh, aber ich freu mich so, dass er hier ist.

»Geht's dir besser?«

Ich nicke.

»Hast einen üblen Sonnenbrand.«

»Ich weiß.«

Er streichelt meinen Rücken. Langsam wache ich auf.

»Hallo«, murmele ich.

»Hallo.«

Wie oft hab ich mir vorgestellt, mit ihm in meinem Bett zu liegen. Und jetzt können wir noch nicht mal knutschen –

sogar meine Lippen sind verbrannt. Ich berühre seine Brust.

»Oh, Mann«, flüstert er.

Geht ihm wohl genauso.

»Wie lange dauert es, bis so ein Sonnenbrand verheilt ist?«, fragt er.

»Keine Ahnung.«

Bin immer noch matschig. Hab eine vage Erinnerung, dass wir uns vorletzte Nacht irgendwie gestritten haben, beim Trinken am Auto … Aber was war da? Wir haben rumgealbert, ich hab mich wie ein Heliumballon gefühlt, das weiß ich noch. Ach ja, und dann hab ich ihm diese dämliche Frage gestellt. Hoffentlich hat er das vergessen.

»Ich muss los«, sagt er.

»Wie spät ist es?«

»Halb zehn. Wollte nur sicher sein, dass du okay bist.«

»Magst du was frühstücken?«

Er schüttelt den Kopf. Ich verschränke meine Finger in seinen, soll's doch brennen.

»Danke, dass du mich geholt hast«, sage ich.

»Klar.« Er legt seine Hand auf meinen Kopf. »Warst ganz schön fertig.«

»Kann mich nicht erinnern, wie ich vom Bad ins Bett gekommen bin.«

Er lacht.

»Bist gelaufen.«

»Echt?«
»M-hm. Ich hab dir ein T-Shirt und ’ne Unterhose gebracht, du hast dich angezogen und bist in dein Zimmer gewandert.«
»Und dann war das Laken so hart, kann das sein?«
»Ja, genau. Und gefroren hast du.«
Ich gähne.
»Ich glaub, ich schlaf noch ein bisschen.«
Chris ist schon aus der Tür, da rufe ich ihn noch mal.
»Ich will meine Mutter nicht sehen«, sage ich.
»Soll ich ihr das sagen?«
»Würdest du?«

* * *

Ich liege stundenlang in Unterwäsche auf dem Laken, treibe zwischen Wachsein und Traum wie eine Luftmatratze auf dem Meer. Ein paarmal denke ich, ich muss mich übergeben, aber ich würge nur ein bisschen überm Klo und taumele dann zurück zum Bett.
Mam lässt mich tatsächlich in Ruhe. Ich laufe ihr erst am Abend über den Weg, in der Küche. Ich will gucken, was der Kühlschrank hergibt; sie steht am Tresen und isst ein Käsebrot. Zu spät zum Umdrehen, sie hat mich gesehen.
»Hallo, Annika«, sagt sie.
Sie klingt heiser. Ich warte auf einen Kommentar zu mei-

nem Sonnenbrand, kommt aber keiner. Auf den zweiten Blick sehe ich, dass sie Ausgehklamotten anhat: eine Seidenbluse und ihren besten Rock. Ich schnappe mir einen Joghurt, gehe ins Wohnzimmer und klemme mich zwischen die Bücherstapel auf dem Sofa. Mam klappert noch ein bisschen in der Küche, dann ruft sie: »Tschüss« und fünf Sekunden später fällt die Haustür ins Schloss. Hat sie etwa ein Date?

Ich hole eine Tüte Chips und mache Fernseher und DVD-Player an. Vielleicht hab ich ja Glück und ich bin die nächsten anderthalb Stunden allein.

Chris hat mir einen Film geliehen: *Tausendschönchen*. Er meint, der müsste mir gefallen. Es geht um zwei Mädchen, die beschließen, verdorben zu sein. Weil die Welt verdorben ist, oder so. Sie zünden gerade Girlanden an, als die Haustür aufgeht.

»Hallo!«, ruft Lisa. »I'm home!«

Sofort verknotet sich mein Magen.

»Hast du Wein?«, ruft sie.

Ich antworte nicht.

»Kati?«

Ihre Schritte kommen näher.

»Ach du bist es. Wo ist deine Mutter?«

Ich zucke mit den Schultern. Lisa steht neben mir und glotzt mich an.

»Hast du ein Problem?«, frage ich.

»Du siehst schlimm aus.«
Ich stelle den Ton lauter.
Sie geht und ich denke, Gott sei Dank, aber zwei Minuten später ist sie wieder da, mit einem Glas und einer Flasche Rotwein. Plant wohl einen längeren Aufenthalt. Sie räumt die Bücher von Papas Sessel und macht es sich gemütlich. Ich könnte den Film natürlich auch oben zu Ende gucken, aber ich hab keine Lust, ihr das Feld zu überlassen.
Die Mädchen brechen in einen Ballsaal ein, in dem eine riesig lange Tafel aufgebaut ist. Sie bestaunen das Buffet. Aha, denke ich. Probieren hier ein bisschen von der Terrine, da vom Braten. Die Rothaarige versenkt ihre Hand in einer Pastete und zermatscht sie.
»Ekelhaft«, sagt Lisa.
Die Mädchen tragen das Essen zum Tisch, verteilen es auf die Teller und flitzen manisch von Platz zu Platz, als hätten sie einen akuten Anfall von Aufmerksamkeitsstörung. Dann noch ein Tänzchen auf dem Tisch und in Nullkommanichts ist alles zerstört. Wie zierlich die Braunhaarige ihre High Heels in den Braten drückt! Ich will in den Film steigen und mitmachen.
»Widerlich«, sagt Lisa. »Ist das ein Kinderfilm?«
»Die Neufassung von Pinocchio.«
»Hast du nichts Besseres da?«
Ich drücke auf Pause. Bin total genervt. Und Lisa versteht mich falsch.

»Komm, wir gucken, ob's was Interessanteres gibt«, sagt sie.

Sie fängt an, durch die DVD-Stapel neben dem Couchtisch zu wühlen.

»*Tatsächlich Liebe* könnte man mal wieder gucken«, sagt sie.

»Nein, ich guck jetzt *diesen* Film!«

»Der ist doch grausig.«

»Dann geh halt! Zwingt dich keiner zu bleiben!«

Ich will wieder auf *Play* drücken, aber Lisa grabscht sich die Fernbedienung.

»Hör mal«, sagt sie. »Mir ist schon klar, dass wir keinen guten Start miteinander hatten. Aber – wir wohnen jetzt zusammen, ob es uns passt oder nicht.«

Als wär das eine Naturkatastrophe! Als könnte sie da gar nichts für!

Sie redet weiter: »Können wir vielleicht versuchen, das Beste daraus zu machen? Was meinst du? So ein bisschen Respekt? Das dürfte doch zu schaffen sein, oder? Sogar für einen Teenager.«

Ich schweige. Hab garantiert mehr Ausdauer als sie. Sie wippt ein Minütchen mit den Knien, dann seufzt sie dramatisch und gibt mir die Fernbedienung zurück.

Auf dass sie an Langeweile sterben möge.

* * *

Vor dem Schlafengehen sehe ich mir noch kurz die Angebote auf schülerjobs.de an. Die Auswahl ist mager, aber den Job in der Flaschenannahme vom Supermarkt merke ich mir. Irgendwas muss ich ja machen.

Ich will gerade ausschalten, da klingelt mich Marek über Skype an. Ich zögere, gehe aber doch ran.

»Long time no see«, sagt er. »Wie ist dir?«

»Gut.«

Geht dich gar nichts an.

»Was hast'n du da im Gesicht?«, fragt er. »'ne Schönheitsmaske?«

»Zinksalbe. Sonnenbrand.«

Marek fummelt eine Zigarette aus der Schachtel in seiner Hemdtasche.

»Ich höre, du und Chris …?«, nuschelt er.

Er zündet die Zigarette an, pustet Rauch in meine Richtung. Aus lauter Gewohnheit halte ich die Luft an.

»Ist das was Neues?«, fragt er. »Oder hattest du's schon länger auf ihn abgesehen?«

Kein Kommentar.

»Was bist'n du so stinkig?«

Ich antworte nicht, balanciere meinen Radiergummi auf der Spitze eines Bleistifts. Marek wartet.

»Hallo?«, sagt er schließlich und winkt. »Anybody home?«

Bin mit dem Radiergummi beschäftigt.

»Das kann der nicht leiden«, sagt Marek.
Ich sehe ihn an.
»Wer kann was nicht leiden?«
»Der Radiergummi. Das Balancieren. Das kitzelt den.«
»Ha.«
Ich drücke den Radiergummi in die Bleistiftspitze.
»Au!«, kräht Marek.
Er stellt seine Zigarette auf den Tisch, das brennende Ende nach oben.
»Hat hier jemand geschrien?«, grummelt er.
Die Zigarette läuft umher, sucht.
»Hilfe!«, ruft er. »Hilfe!! Ein Wüstling will mich morden!«
Er formt seine freie Hand zu einem halben Trichter.
»Achtung, Achtung, hier spricht die Polizei! All Ihre Gedanken und Handlungen werden videotechnisch aufgezeichnet. Es sind siebzehn Kameras auf Sie gerichtet. Sie haben keine Chance, ergeben Sie sich!«
Der Bleistift lässt den Radiergummi los und schleicht davon. Mühsam richtet sich der Radiergummi auf.
»Das war knapp«, krächzt Marek.
Und dann kommt mein Mathebuch angebraust und überfährt den Radiergummi.
»Upps«, sage ich.
Marek grinst. Er zieht an der Zigarette, pustet den Rauch zur Seite. Vielleicht können wir ja doch ein bisschen reden.

Ich will gerade anfangen, von Lisa zu erzählen, da brummt Mareks Handy. Er guckt aufs Display.

»Ich muss los«, sagt er.

»Aber …«

»Keep in touch, ja?«

Dieser blöde Spruch.

»Ich keepe in touch«, sage ich. »*Du* keepst nicht in touch.«

»Ich hab doch angerufen.«

Hast mich angerufen und eingewickelt.

»Also dann …«, sage ich.

»Tschüss.«

Und weg ist er.

Es wird nie mehr wie früher. Wenn es überhaupt je so war.

KAPITEL 29

Ich hab ziemlich Mühe, mich zu konzentrieren, mein Blick wandert immer wieder zu Chris. Er hat die Füße auf der Sitzlehne vor sich und ist so vertieft in den Film, dass sein Mund offen steht. Er könnte genauso gut allein im Kino sitzen. Nix mit Händchenhalten oder so.

Beim Herlaufen hat er mir von seinen Kollegen in der Werkstatt erzählt, und wir haben darüber gelacht, wie meine Zinksalbe auf ihn abfärbt, aber ich hatte die ganze Zeit das Gefühl, dass ihn was beschäftigt. Dass irgendwas los ist. Hab mich aber nicht getraut zu fragen, was.

Chris sagt, *Blow Up* ist ein Meilenstein der Filmgeschichte, richtig berühmt. Ich finde die Story verworren. Ich kapiere noch, dass der Fotograf, ohne es zu merken, einen Mord fotografiert hat. Aber warum lässt er sich so ablenken von den Frauen und der Party? Er wollte doch rausfinden, was passiert ist. Als er auf einem Konzert, in das er versehentlich gerät, den Hals einer frisch zertrümmerten Gitarre ergattert und ihn dann an der nächsten Straßenecke wegwirft, gebe ich auf.

»Und?«, fragt Chris, als das Licht im Saal angeht.

»Merkwürdig«, sage ich.
»Sehr. Und völlig genial. Die Stimmung in dem Park …«
»War das jetzt ein Krimi oder nicht?«
»Ist das wichtig?«
Ich zucke mit den Schultern.
Wir kaufen Eis und kraxeln den Schlossberg hoch zum alten Kanonenplatz. Es ist noch nicht ganz dunkel. Wir setzen uns auf das Mäuerchen, das den Platz säumt, und schauen auf die Stadt.
»Du hast mich neulich gefragt, ob ich nicht erst zum Sommersemester nach München könnte«, sagt Chris.
Das ist es also. Sofort kriege ich nasse Hände.
»Also …«, sagt er. »Das würde gar nicht gehen. An der Filmakademie kann man nur zum Wintersemester anfangen.«
»Ah.«
»Aber … das ist nicht wirklich der Grund. Selbst wenn es ginge und wenn ich bei euch wohnen könnte, würde ich's nicht machen. Ich würde trotzdem schon im Herbst anfangen.«
Er sieht mich an.
»Ich will einfach loslegen, verstehst du? Ich will lernen, wie man gute Filme macht. Hier würde ich nur in der Warteschleife hängen.«
Ich schlucke, nicke. Er nimmt meine Hand.
»Das hat überhaupt nichts mit dir zu tun. Wenn du auch

schon Abi hättest, würde ich dich fragen, ob du mitkommst.«

Ich nicke immer weiter, will nicht, dass er denkt, er müsste sich vor mir rechtfertigen.

Ein Pulk Jogger rennt quer über den Platz zum Mäuerchen, sie stellen je einen Fuß auf und fangen an, sich zu dehnen. Sieben Leute, die neben uns schnaufen und schwitzen. Ich rümpfe die Nase.

»Robert hat mir empfohlen, Frühsport zu machen«, sagt Chris. »Joggen und Gymnastik, um sechs Uhr morgens. Er meint, das würde 'ne *stabilisierende Wirkung* haben.«

»Robert?«

»Mein Therapeut. Dr. Kämmerer.«

»Du duzt den?«

»M-hm.«

Eine Straßenbahn kurvt unten ums Schlosshotel und verschwindet durchs Stadttor. Ganz entfernt höre ich sie bimmeln.

Ich stippe Chris an.

»Kann ich dich was fragen?«

»Klar.«

»Was meint der eigentlich, was du hast? Dein Therapeut.«

»Die Diagnose?«

Er kratzt sich am Kinn, blinzelt in den Himmel.

»Das darfst du aber niemandem erzählen. Auch nicht Theresa.«
»Okay.«
»In meiner Akte steht: *Unheilbare psychotische Schizophrenie mit starker Tendenz zu sinnloser Gewalttätigkeit.*«
Mir klappt der Mund auf.
Äh.
Chris guckt mich an.
»*Besonders gefährlich als Auslöser für psychotische Episoden sind Mädchen mit roten Haaren.*«
Ähhh …
Ich schubse ihn und er lacht.
»Sehr witzig!«, sage ich.
»Du hast das geglaubt.«
»Hab ich nicht!«
Er grinst mich an.
Ich denke gerade, vielleicht hätte ich nicht fragen sollen, da sagt er: »Hat Robert nie drüber geredet.«
»Spricht der eigentlich mit deinen Eltern über dich?«
»Er hatte sie mal da, nach der ersten Stunde, aber …was ich ihm erzähle, ist absolut geheim. Der trägt nix weiter.«
»Woher weißt du das?«
»Weil er's mir versprochen hat. Außerdem würde ich das sofort merken. Meine Eltern sind nicht gerade subtil, die würden mir alles sofort aufs Brot schmieren. *Du phanta-*

sierst also darüber, dass Papa einen Golfball an den Kopf bekommt …«

Ich lache.

»War bestimmt voll die Enttäuschung«, sage ich. »Da schleppen sie dich zum Therapeuten und dann erzählt der ihnen nix.«

»Nee, *deine* Eltern haben mich dahingeschleppt.«

»Meine?«

Er nickt.

»Als es mir so richtig scheiße ging, im Januar, haben mich deine Eltern gefragt, was los ist. Wir haben die halbe Nacht geredet, bei euch am Küchentisch. Nach dem Canasta-Abend, als es so doll geschneit hat, weißt du noch? Wir haben Wein getrunken, ein bisschen zu viel, und ich hab ihnen erzählt, dass ich dauernd darüber nachdenken muss, wie ich mich am besten umbringen könnte. Ist nämlich gar nicht so einfach. Ich wollte nicht aus dem Fenster springen, überleben, und im Rollstuhl enden. Oder 'nen Lokführer traumatisieren. Oder mir den Magen mit *Abflussfrei* verätzen. Ich hab immer gedacht, am einfachsten wär's mit 'nem Revolver, aber wo sollte ich den herkriegen? Ich bin mal in die Messerabteilung von 'nem Küchenladen, dachte, ich könnte mir vielleicht ein Steakmesser ins Herz rammen, aber ich hab mich sofort geschnitten, am Finger, und da bin ich wieder raus aus dem Laden. Hab's einfach nicht gepackt.«

»Oh Gott, Chris!«
Ich drücke mir die Hand auf den Mund.
»Deine Eltern fanden das auch ein bisschen beunruhigend.«
»Ein bisschen??«
Ich bin total entsetzt.
»Wusste Marek davon?«
»Ja. Konnte mir aber nicht helfen. Deine Mutter ist mit mir zum Arzt und der hat Dr. Kämmerer empfohlen. Meine Eltern waren überhaupt nicht begeistert. *Unser Sohn ein Psycho …*«
»Scheiße.«
»Ja, naja. So war das. Hat sich alles nur noch sinnlos angefühlt.«
Er zerbricht seinen Eisstiel und wirft ihn in die Büsche.
Mir fällt mal wieder überhaupt nichts Hilfreiches ein.
Chris sagt: »Manchmal ist so 'ne fette Glasscheibe zwischen mir und allem anderen. Panzerglas. Du kannst alles ganz normal machen: reden, lachen, alles, aber du kriegst einfach keine Verbindung mehr zu irgendwem. Ich hab überhaupt nicht mehr verstanden, wozu man auf der Welt ist. Hatte als Endlosschleife im Kopf: Man wird geboren, pflanzt sich fort und stirbt, und alles, was man erlebt und gemacht hat, ist umsonst gewesen. Kam mir vor wie ein schlechter Scherz.«
»Das denk ich auch manchmal.«

»Ja?«

»M-hm. Ist irgendwie so eine Verschwendung.«

»Genau.«

Wir schauen auf die Stadt. Noch ein Bähnchen bimmelt durchs Stadttor. Vielleicht …

Ich räuspere mich, sage: »Manchmal hab ich das Gefühl, ich bin ganz allein in der Wüste und alle anderen Lebewesen sind ausgestorben.«

Chris sieht mich an.

»Echt?«

»M-hm. Ist auch ziemlich widerlich.«

»Glaube ich.«

»Ich kann mir dann immer nicht vorstellen, dass das je wieder weggeht.«

Chris nickt.

»Das ist das Schlimmste«, sagt er.

KAPITEL 30

Vier Minuten, und ich weiß: Das ist kein Traumjob. Eine Sahneflasche rutscht mir aus der Hand, zerschellt auf dem Beton. Ich muss die Scherben aufnehmen und die vergammelten Sahnereste aufwischen. Und es wird nicht besser.

Als ich versuche, eine neue Bonrolle in den Automaten einzulegen, springt sie mir weg und kullert durchs halbe Lager. Ich verwechsele ein paar Sprudelmarken und sortiere drei Kisten falsch. Muss sie wieder ausräumen und neu sortieren. Und dann kommt plötzlich alle Welt auf einmal. Die Flaschen ruckeln zur Bande wie ein Haufen Leute, die bei 'nem Konzert zur Bühne drängeln. Ich stapele und renne und eine Oma zetert rum, weil's ihr nicht schnell genug geht. Nach zwei Stunden tut mir der Rücken weh.

Ich verziehe mich in eine Ecke, lege mich auf eine leere Palette.

Wie macht Papa das bloß? Zwanzig Jahre im falschen Job! Träumt er noch vom Urwald oder ist das vorbei?

Ich hab tagelang auf sein Donnerwetter gewartet, wegen

der zweiten Zeltnacht, aber es kam nichts. Entweder ist er so sauer, dass er nicht mehr mit mir reden will, oder Mam hat tatsächlich mal die Klappe gehalten.
Ich kriege kaum noch was mit von ihr: Wenn ich morgens meinen Teil der Gästezimmer richte, arbeitet sie im Büro; wenn sie putzt, wässere ich den Garten. Begegnen wir uns in der Diele, gucke ich weg; betrete ich die Küche, sagt sie »Hallo, Annika« und macht weiter mit Kochen oder Räumen, als wär sie allein. Wir haben kaum mehr als fünf Worte geredet, seit ich so wütend geworden bin.
Wenn ich daran denke, wie sie Chris geholfen hat, bekomme ich ein schlechtes Gewissen, vor allem, wenn sie abends mit roten Augen von ihren Dates zurückkommt. Aber das Gefühl hält nie lange an. Spätestens, wenn ich Lisa in Papas Sessel sitzen sehe, löst es sich in Luft auf.
Als Lisa neulich den Kerl angeschleppt hat – das war echt eklig. Stundenlang hat sie rumgestöhnt. Weil Kissen aufs Ohr nicht geholfen hat, bin ich irgendwann raus in den Flur und hab die Badezimmertür geknallt, immer wieder, bis Mam aus dem Schlafzimmer gewankt kam und mich verdattert angestiert hat. Am Morgen hatte ich dann einen Zettel im Schlüsselloch stecken, von Lisa. *Bist du ein Kleinkind?*, stand darauf. Ich hab ihn an den Spiegel in Mareks Zimmer geklebt.
»Du machst Witze!«
Der Filialleiter steht vor mir, funkelt mich an.

Eine Woche, höchstens.
Ich werde von einer Staubwolke begrüßt. Im Eingang bei der Rezeption geht's noch, aber in der Diele steht die Luft so dick, dass ich husten muss. Ahne schon, was los ist. Jawoll, sie haben die Wand rausgerissen. Lisa und ein Kerl sitzen am verdreckten Esstisch und mampfen Pizza. Es sieht aus wie Sau, alles staubig.
Der Kerl mustert mich, Lisa grinst mich an.
»Annika«, sagt sie.
Hat meinen Namen gelernt, wow.
»Wie findest du's?«
Ich gehe einen Schritt vor, betrachte das Geröll. Wenn ich doch bloß auf Kommando kotzen könnte.
»Das wird richtig geil«, sagt Lisa. »Du wirst sehen. Wenn wir erst mal sauber gemacht haben … Das wird ein ganz neues, freies Gefühl hier unten.«
Ein neues, freies Gefühl? Fast muss ich lachen.
Der Kerl streckt mir seine Pranke entgegen.
»Bolo«, sagt er.
Ist das eine Begrüßungsformel oder heißt der so? Egal. Ich ignoriere die Hand, stapfe in die Küche.
»Die Meisterin des dramatischen Abgangs«, sagt Lisa.
»Meine Kleine ist auch so ein Monster«, sagt der Kerl. »Guckt immer nur missbilligend und redet kein Wort.«
»Die Pubertät«, trällert Lisa. »Verdirbt die liebsten Kinder.«

Wie ich diese Frau hasse.
Ich gieße mir ein Glas Cola ein. Im Esszimmer lachen sie.
Ich höre Lisa sagen: »Bin ich froh, dass mir das erspart geblieben ist.« Und: »Der Junge ist ganz in Ordnung. Der ist nicht so ein Nervenbündel.«
Nervenbündel?
Etwas leiser sagt sie: »Wundert mich nicht, dass sie kaum Freunde hat.«
Ich stehe an der Spüle, glotze das Glas in meiner Hand an.
Plötzlich ist da ein irrer Druck, mir wird total heiß.
Was redet die über mich, als würde sie mich kennen? Als wäre ich nicht da? Als würde ich überhaupt nicht zählen?
Und dann ist da ein Moment,
eine Sekunde,
eine halbe,
da seh ich drei Möglichkeiten aufgelistet, in meiner Schrift, auf einem Notizblock:
a) ich renne in mein Zimmer
b) ich zerschmeiße das Glas
c) ich sag ihr meine Meinung.
a) kenn ich schon, bringt nichts. b) = Glas auffegen. c) hatten wir noch nicht.
Ich schnappe mir den dicken schwarzen Kühlschranktafel-Filzer und marschiere ins Esszimmer, zu der Wand, die der demolierten Wand gegenüber war. Zwischen die

beiden Fenster, auf die Lilientapete, male ich einen basketballgroßen Kreis.

»Das ist die Sonne«, sage ich.

»Da wird sich deine Mutter aber freuen«, flötet Lisa.

Drumherum male ich eine Ellipse mit einem pingpongballgroßen Kreis drauf.

»Das ist die Erde«, sage ich.

»Das Kind dreht durch.«

Ich male die Planeten: »Das ist Merkur. Die Venus. Jupiter …« (»Was macht sie nur?«) Neptun kommt über die Vorhangstange vom linken Fenster, Uranus neben das rechte Fenster. Wird ein großes Bild. Ich zeichne Kometen (»Oh, Gott.«) und improvisiere schwarze Löcher (»*Ich* tapezier das nicht neu.«). Als das Sonnensystem komplett ist, gehe ich zum Fenster über Eck, wo die abgerissene Wand anfing, und setze einen winzigen Punkt knapp über die Bodenleiste.

»Und das …« Ich sehe Lisa an, »… bist du.«

KAPITEL 31

Es klopft. Hoffentlich bringt Mam keinen Geburtstagskuchen. Ich will kein Gesinge hören, keine Kerzen auspusten.

»Was?«, rufe ich.

Die Tür geht auf und Papa steckt den Kopf ins Zimmer.

Oh.

»Darf ich?«, fragt er.

Ich nicke.

Er setzt sich auf die Bettkante.

»Herzlichen Glückwunsch!«

»Danke.«

»Wie geht's dir?«

»Bombastisch. Unglaublich gut.«

Ich weiß, dass er weiß, dass ich das nicht meine.

Er räuspert sich.

»Ich dachte, ich komme kurz vorbei, bevor du eine SMS schreibst und absagst.«

Er lächelt, aber seine Augen sind traurig. Ich zupfe an den Bommeln der Tagesdecke rum.

»Kannst du dich erinnern, wie wir an deinem zwölften Geburtstag mit dem Ruderboot gekentert sind?«, fragt er. »In Dänemark?«

Am Bootssteg war das, beim Einsteigen. Marek ist umgeknickt, hat das Gleichgewicht verloren und – schwupps – lagen wir alle im Wasser. Ich dachte, ich sterbe vor Peinlichkeit, der gesamte Zeltplatz hat zugesehen.

»Ich hab grade an die fettigen Würste in Bulgarien gedacht«, sage ich.

»Oh, Gott, ja. Der Geburtstag gehört auf jeden Fall in unsere Top Ten.«

»Marek hatte aber auch ein paarmal Pech. Die Salmonellentorte?«

Papa verzieht das Gesicht.

»Uh, die Kotzerei.«

»Und dieser teure Zauberer, der sich im Tag vertan hat?«

»Marek war zwei Wochen sauer, oder?«

»M-hm.«

Papa beguckt seine Hände. Wahrscheinlich denkt er auch an sein eigenes Fest.

»Vielleicht sollten wir einfach aufhören, Geburtstag zu feiern«, sagt er.

»Vielleicht.«

»Sparen uns die Katastrophen.«

Ich nicke.

»Hast du gesehen?«, frage ich. »Der Garten ist im Arsch.«

»Hab's gesehen.«
»Kommt mir vor, als wär's schon Jahre her, dass du ausgezogen bist.«
»Wirklich?«
»Naja, Monate.«
Er seufzt.
»Ist viel passiert.«
Wir gucken aus dem Fenster, als wäre da die Erklärung zu sehen für das, was passiert ist. Ein Blatt weht vorbei.
»Aber«, sage ich.
»Ja?«
»Essen muss man so oder so. Auch wenn man nicht feiert.«
Er sieht mich an.
»Oder?«, frage ich.
»Allerdings.«
»Steht die Einladung noch?«
»Selbstverständlich.«
»Okay.«
Papa berührt meine Hand.
»Wunderbar«, sagt er.
Wenn ich mich nicht täusche, hat er Tränen in den Augen.
An der Haustür fragt er, »Wäre Lasagne in deinem Sinne?«
»Klar.«

Er ist schon am Tor, da renne ich ihm hinterher.
»Kann ich Chris mitbringen?«
Er sieht nicht überrascht aus.
»Natürlich«, sagt er.
Weiß er doch was von der zweiten Nacht?

Mam steht an der Spüle, wischt Geschirr trocken.
»Happy Birthday«, sagt sie.
»Danke.«
»Hast du Hunger?«
Ich schüttele den Kopf.
An Geburtstagen gibt's sonst immer selbstgebackene Zimtkringel zum Frühstück, aber der Küchentisch ist leer, der Ofen dunkel.
Mam nimmt zwei Päckchen mit großen roten Schleifen vom Tresen und hält sie mir entgegen.
»Danke«, sage ich wieder.
Von hinten kommt ein lahmes »Glückwunsch«.
Ich drehe mich um. Lisa steht in der Tür. Wäre auch zu schön gewesen, wenn die mir heute erspart geblieben wäre.
Sie setzt sich an den Tisch, nimmt die Zeitung und fängt an zu lesen.
Hab ich etwa gewonnen?

Ich lege die Geschenke auf meinen Schreibtisch. Hab keine Lust, sie auszupacken.

Mein Handy meldet eine SMS aus Amerika:

toasting to you. LG Marek

Toasting? Versteh ich nicht, aber whatever.

* * *

Mein Handy klingelt. Theresa. Sie gratuliert mir.

»Na, was machst du heute?«

»Ich ess bei meinem Vater. Guck mir seine neue Wohnung an.«

Ob ich sie einladen soll? Hätte Papa bestimmt nichts gegen. Aber dann lauere ich den ganzen Abend auf ein schiefes Wort von ihr. Ich glaube, das ist keine so gute Idee.

»Wo ist er denn hingezogen?«, fragt sie.

»In die Altstadt. Konviktstraße.«

»In eins dieser kleinen krummen Häuser?«

»M-hm.«

Das Gespräch rumpelt ganz schön. Was könnte man denn noch reden?

»Ach, übrigens«, sagt sie.

»Was?«

»Ich hab 'nen Preis gewonnen für meine Rubrik in der *Chronisch*. Originellste Kolumne des Jahres.«

»Von wem?«

»Keine Ahnung. Irgendein Gremium zur Förderung der Lesekraft oder so. Fünfzig Euro. Super, oder?«

»Super.«

Will sie mir den Tag verderben?

»Ich dachte, die könnten wir vielleicht zusammen auf den Kopf hauen. Disco, was trinken, vielleicht die Spätvorstellung im Kino …«

Ich hab das Gefühl, wir halten beide die Luft an.

»Und ganz viel Popcorn?«, frage ich.

»Auf jeden Fall«, sagt sie. »Alles, was reingeht.«

Vielleicht wird das ja wieder mit uns.

KAPITEL 32

Kein Wunder, dass Papa seinen Schreibtisch nicht geholt hat – der würde hier gar nicht reinpassen. Es gibt keinen Garten, nur einen Balkon, das Wohnzimmer ist gleichzeitig die Küche, oder umgekehrt, und das Schlafzimmer auch ein Büro. Mein Besuchszimmer ist noch leer. Schade, kein Baum vorm Fenster, aber die Häuser gegenüber sind hübsch.

Ich setze mich auf den Boden, streiche über die Dielen. Es ist, wie Papa geschrieben hat: Die Abendsonne scheint ins Fenster. Und von hier unten sieht man nur Himmel. Wenn ich ein niedriges Bett nehme, kann ich morgens in die Wolken gucken.

Der Küchentisch ist mit Kerzen geschmückt, eine dicke Sonnenblume scheint auf mich runter, und neben meinem Teller liegen zwei Geschenke. Eins ist in Schmetterlingspapier gewickelt, das andere in Zeitung. Ich betaste das Zeitungspäckchen. Fühlt sich an wie eine CD.

»Von wem das wohl ist?«, frage ich Chris.

Er grinst mich an, sagt aber nichts. Sieht fast ein bisschen schüchtern aus, wie er so auf seinen Händen sitzt. Auf dem Weg hierher hat er mich gefragt, wie mein Vater es findet, dass wir zusammen sind. Keine Ahnung, hab ich gesagt, und eine Oma auf der Straße angestrahlt. Wir haben ja noch nie darüber geredet, was das zwischen uns ist.

Ich glaube, Papa ist nervös, weil ich das erste Mal zu Besuch bin. Bei der Führung durch die Wohnung hat er sich dauernd die Hände an der Hose abgewischt und jetzt am Herd stresst er rum, als würde gleich jemand seine Kochkünste benoten.

Er holt die Lasagne aus dem Ofen.

»Achtung, heiß!«

»Ich tu auf«, sage ich. »Kannst dich hinsetzen.«

Wir beladen unsere Gabeln und pusten.

»Ich wusste gar nicht, dass du so gut Fahrräder reparieren kannst«, sagt Papa zu Chris.

»Hat mir meine Oma beigebracht.«

»Die mit den Träumen?«, frage ich.

»M-hm. Die andere ist mehr der Häkeltyp.«

»Welche Träume?«, fragt Papa.

»Meine Oma schreibt ihre Träume auf.«

Papa nickt.

»Das hab ich auch eine Zeit lang versucht«, sagt er. »Aber dann ist mir aufgefallen, dass ich eigentlich immer dasselbe träume, und hab's wieder gelassen.«

»Was träumst du denn?«, fragt Chris.

»Ich schaffe das Abi nicht. Mal komm ich zu spät zur Prüfung, mal sind die Aufgaben auf Schwedisch, mal steh ich in der Unterhose vor der Schule und wundere mich, wo meine Klamotten geblieben sind … Neulich musste ich in der Bioprüfung Schach spielen.« Er lacht. »Ich kann überhaupt kein Schach!«

Ich schüttele mich.

»Ich hoffe, ich träum nicht mehr vom Abi, wenn ich so alt bin wie du.«

Papa tätschelt meine Hand.

»Keine Sorge, meine Kleine. Du wirst deine eigenen quälenden Träume entwickeln.«

Ich werfe ihm ein Stück Baguette an den Kopf. Er lacht, sagt: »Vorsicht!«

Wir essen. Ich hab das Gefühl, Papa freut sich, dass wir da sind. War wahrscheinlich nicht so toll, all die Wochen bei Urs zu wohnen oder ganz allein zu sein.

Er tippt mich mit seiner Gabel an.

»Hast du den Artikel im neuen *Globus* gelesen?«, fragt er. »Über den Forscher, der rausgefunden hat, woher Phantomschmerzen in amputierten Armen und Beinen kommen?«

Ich nicke.

»Wie der da drauf gekommen ist, dass man nur einen Spiegel braucht, um die Schmerzen zu kurieren, das war doch verrückt, oder?«

»Ziemlich.«

»Wovon, bitte, redet ihr?«, fragt Chris. »Von Amputationen?!«

»Gruselst du dich?«, frage ich.

»Ach was, bin nur neugierig.«

»Du gruselst dich.«

Vorsichtshalber ziehe ich meine Füße unter meinen Stuhl, aber Chris lehnt sich nur zurück, nimmt einen Schluck Wein.

»Ihr habt schon über viel schlimmere Sachen geredet. Ich erinner mich da an eine Diskussion über Eiter. Und der arme Frosch in der Bretagne …«

»Du meinst, du bist abgehärtet.«

»Genau. Erzählst du jetzt, wie das mit dem Spiegel geht, oder nicht?«

»Also: Wenn man einen Arm oder ein Bein amputiert bekommt, hat man oft das Gefühl, der Arm oder das Bein wäre noch da und hätte Krämpfe oder Schmerzen.«

»Faszinierend«, sagt Chris.

»Wenn's dich nicht interessiert …«

»Doch, doch! Wollte immer schon wissen, was ich machen muss, wenn mir ein Arm abhandenkommt.«

Er kriegt auch ein Baguettestück an den Kopf. Papa grinst.

»Okay«, sage ich. »Dieser Typ, der Forscher, hat überlegt,

ob man das Gehirn austricksen könnte, so dass es glaubt, der Arm bewegt und entspannt sich. Also, der Arm, den's nicht mehr gibt.«

»Der Ex-Arm sozusagen.«

»Von mir aus. Der Forscher hat seinem Patienten einen Spiegel gegeben, und der musste ihn so aufstellen, dass es aussah, als wäre sein gesunder Arm die Fortsetzung vom amputierten. Ja?«

»M-hm.«

»Und dann musste der Patient seinen Arm und den Armstumpf gleichzeitig bewegen, wie ein Dirigent. Und der Schmerz hat sofort aufgehört.«

»Wow.«

»Mach dich nur lustig.«

»Nein, nein! Ist wirklich cool, die Methode.«

»Du hast ja nur Angst, dass du noch mehr Brot an den Kopf kriegst.«

»Kennst mich zu gut.«

Papa lacht.

»Was hab ich euch vermisst«, sagt er.

Papas Geschenk ist ein Dokumentarfilm: *Das geheime Leben der Pflanzen* von David Attenborough. Chris schenkt mir die Music Machine CD, auf die der Sänger nach dem Konzert sein Autogramm gekritzelt hat. *To Annika* steht da. Ist ja süß. Ich hab nie verstanden, wozu Autogramme gut sein sollen, aber ich glaube, Chris bedeutet

es was, dass der Typ die CD in der Hand hatte und meinen Namen neben seinen geschrieben hat. Bin ganz gerührt.
»Danke«, sage ich.
»Darf ich mal sehen?« fragt Papa.
Er beguckt das Cover.
»Nie gehört. Magst du anmachen?«
»Nee.«
Chris lächelt die Schokoladentorte an. Ich glaube, er versteht, dass ich die CD hören will, wenn wir alleine sind.

* * *

Die Fenster sind dunkel, Mam und Lisa schlafen schon.
Wir stellen die Nachttischlampe auf den Boden, für warmes Schummerlicht, und ziehen uns gegenseitig aus, ganz langsam. Ich bin wahnsinnig aufgeregt, mein Herz pocht mir in den Fingern. Ist das erste Mal, dass wir uns nackt sehen.
Wir legen uns nebeneinander und Chris schaut mich an, ganz ungeniert.
»Hey«, flüstert er.
»Hey.«
Er fängt an, meine Schultern zu beknabbern, und wir küssen uns, wälzen uns, knutschen wie verrückt. Ich kann

gar nicht glauben, wie gut sich das anfühlt, seine Haut an meiner zu spüren. Bestimmt wird es schön, ich will es so doll.

Chris fummelt gerade ein Kondom aus seiner Hosentasche, als plötzlich ein Mordsgestöhne losgeht in Mareks Zimmer. Ich friere sofort ein.

»Was ist?«, fragt Chris.

»Hörst du das nicht?«

»Woher kommt das?«

»Woher wohl? Von Lisa! Hat wieder irgend'nen Kerl angeschleppt, die Kuh.«

Ich ziehe die Decke über mich.

»Komm, ist doch egal«, sagt Chris. »Hör einfach nicht hin.«

Ich schüttele den Kopf.

Er legt die Arme um mich, zieht mich an sich, aber ich mag nicht mehr. Nicht mit Lisas Pornoshow nebenan.

»Bitte, Annika«, flüstert er.

»Nee.«

»Ich dachte, du willst unbedingt.«

»Ja, schon, aber ...«

Versteht er das denn nicht?

Er vergräbt sein Gesicht in meinen Haaren, flüstert: »Shit.«

Ich weiß nicht, was ich machen soll.

»Tut mir leid«, flüstere ich.

Das kann doch echt nicht wahr sein, dass die Kuh mir jetzt auch noch mein Liebesleben versaut.

Chris liegt in meinen Armen. Langsam beruhigt sich unser Atem.

»Ist okay«, sagt er schließlich.

»Bestimmt?«

»Ja. Morgen bring ich Lisa um.«

Wir liegen eine Weile still aneinandergeschmiegt, aber als wir nochmal anfangen mit Küssen, wird er sofort wieder steif.

»Wenn du magst …«, flüstere ich.

»Was?«

»Würde es dir was nutzen, wenn ich …«

Ich halte meine Hand hoch.

Er kapiert.

»Ja, klar.«

»Du musst mir aber zeigen, was ich machen soll.«

Kurz bevor wir wegdriften, murmelt er: »Soll ich mich morgen früh wegschleichen?«

»Nein, bleib.«

Ich schwebe durch eine Wolke.

»Annika?«

»Hm?«

»Wir müssen zusammen verreisen.«

»M-hm.«

Die Wolke …

»Annika?«

»Hm?«

»Danke.«

KAPITEL 33

»Von wem sind die?«, fragt Chris und zeigt auf Mams Geschenke. Die roten Schleifen leuchten vom Schreibtisch.

»Von meiner Mutter.«

»Warum hast du die noch nicht ausgepackt?«

Ich zucke mit den Schultern. Hole die Päckchen und krieche zurück unter die Decke. Mam hat mir eine Blumenpresse geschenkt, einen 50-Euroschein und mein Lieblingsfoto, das von Oma Greta als Teenager in London.

»Coole Stiefel«, sagt Chris.

Ich hab das Bild schon lange nicht mehr richtig angesehen. Kann mich gar nicht an die vielen kleinen Schornsteine im Hintergrund erinnern, oder daran, dass Gretas Haare ihr so um den Kopf wehen.

»Sexy«, sagt Chris. »Sieht dir wirklich unheimlich ähnlich. Wie alt ist sie da?«

»Neunzehn.«

»Die Uniform ist auch nicht schlecht. Guck mal, wie kurz der Rock ist! Und dazu dieser geile Lackmantel …«

»Hab verstanden, ich mach dir 'ne Kopie.«

Man sieht gar nicht, dass das Foto vor einem halben Jahrhundert aufgenommen wurde. Theresa schminkt sich genauso.

»Ist doch komisch«, sage ich. »Ich kann sie angucken, wie sie mit neunzehn war, und weiß, was ihr passieren wird … Dass sie nach der Hotellehre nach Berlin geht und meinen Opa kennenlernt, dass sie meine Mutter bekommt, ganz allein die Pension aufbaut …«

»M-hm …?«

»Naja, und sie weiß es nicht. Vielleicht stellt sie sich was ganz anderes vor. Vielleicht lächelt sie da einen Jungen an, der in dem Hotel Koffer schleppt. Mit dem sie zusammen sein will. Und mich gibt es nur, weil der Typ nicht in meine Oma verliebt ist, sondern in das Mädchen, das das Foto schießt.«

Chris streicht mir eine Strähne aus dem Gesicht.

»Könnte sein«, sagt er.

»Meinst du, man kann wegen *einer* kleinen Entscheidung im falschen Leben landen?«

»Was heißt schon *falsch*? Man landet halt in ’nem anderen. Und man weiß ja nicht, was man verpasst. Wär wahrscheinlich ziemlich scheiße, wenn man am Ende Filme vorgespielt bekommen würde, wie das Leben anders hätte laufen können. *Und hier sehen Sie, was passiert wäre, wenn sie damals nicht den Bus verpasst hätten: Sie hätten als erster Mensch den Mars betreten!*«

Ich lache.
»Wahrscheinlich brutzelt man in der Hölle nicht im ewigen Feuer, sondern muss sich Filme angucken, über was hätte sein können. *Hier Ihr Leben als berühmte Schauspielerin, hier die vermasselte Chance auf den Nobelpreis ...*«
Chris nimmt mir das Foto aus der Hand.
»Die Stiefel würden dir auch stehen«, sagt er.
»Bisschen fixiert, was?«
Er wälzt sich auf mich und raunt mir ein »Ja!« ins Ohr.

* * *

Ich ziehe mir den Handtuchturban vom Kopf, damit ich besser hören kann, und schaue durch den Türspalt. Mam und Chris sitzen am Küchentisch. Mam weint.
»Seit Wochen!«, sagt sie. »Als hätte ich Lepra! Oder ...ich weiß nicht ...als wär ich Hitler, reinkarniert!«
Sie fummelt ein Taschentuch aus ihrem Ärmel, schnäuzt sich.
»Neulich in der Gruppe hat jemand was ganz Ähnliches erzählt, von seinen Söhnen, und da kam mir ein Bild in den Sinn: Es ist, als hätte meine Familie beschlossen, ein neues Theaterstück zu spielen, und nur ich kenne meine neue Rolle nicht.«
Was für 'ne Gruppe?
»Eine Frau hat eine Tochter, die alles Essen wieder aus-

kotzt. Die wird auch verrückt, weil das Mädchen nicht mit ihr reden will.«

Geht Mam in eine Selbsthilfegruppe? Ist das ihr Abendtermin? Aber für was? ›*Eltern mit schrecklichen Kindern – Austausch und Unterstützung*‹?

»Ich fühle mich so hilflos.«

Sie sieht Chris an.

»Verstehst du?«

Er nickt.

Ich warte, dass er antwortet, was über mich sagt, aber er schweigt. Zum Glück.

Als sie eine ganze Weile stumm dagesessen haben, drücke ich die Klinke runter und lasse sie laut wieder hochschnappen, als Warnung, dass ich da bin. Dann öffne ich die Tür.

»Morgen«, sage ich.

»Morgen«, sagt Mam.

Sie steht auf, geht zum Kühlschrank. Ich setze mich. Wenn Chris jetzt versucht zu vermitteln, bin ich ganz schnell wieder draußen.

Er lächelt mich an.

»Gut geschlafen?«, fragt er, als hätten wir uns noch gar nicht gesehen heute.

»M-hm«, mache ich.

»Was geträumt?«

»Vergessen.«

Ich rühre mir einen Instantkakao. Mam setzt sich wieder. Alle drei schneiden wir Brötchen auf, nehmen Butter, verteilen Marmelade. Ist Wochen her, dass ich mit Mam gefrühstückt habe. Gut, dass Lisa schon weg ist.

»Ich war neulich im Zoo«, sagt Mam vorsichtig.

»Nur so?«, fragt Chris.

»Nur so.«

Sie löffelt sich Zucker in den Kaffee.

»Der Panda, den sie Anfang des Jahres bekommen haben, ist gestorben. Der andere Panda – der, der hier aufgewachsen ist – sitzt jetzt vollkommen verloren in seinem Gehege und bläst Trübsal.«

»Pandas sehen immer müde oder traurig aus«, sage ich. »Außerdem sind das Einzelgänger. Die brauchen keine Gesellschaft.«

Mams Finger trippeln über ihre Stirn, sie guckt in ihre Tasse. Chris wirft mir einen bösen Blick zu.

Was?, frage ich lautlos.

Mam räuspert sich.

»Hast du alles, was du brauchst?«, fragt sie Chris.

»Ja, danke.«

Und dann schweigen wir wieder.

Was für ein Elend.

KAPITEL 34

Wir sind über den Zaun geklettert, war ganz einfach: Das Freibad wird nachts nicht beleuchtet, und die Laterne vor dem Tor ist kaputt.

Wir liegen am Rand des Pools, die Arme im Wasser und machen Wellen. Schaukeln den Mond. Theresa hat ein Bier mitgenommen aus der Disco, das teilen wir uns.

Vorhin beim Italiener haben wir uns höflich über die letzten Wochen ausgetauscht, während Theresa ihr Tischset vollgemalt hat mit Leuten, die Giraffenhälse runterrutschen und um Palmen tanzen. Wir haben über den geschniegelten Kellner gelacht und sie hat mich *Fräulein Müller* genannt, aber das Ganze hat sich irgendwie hohl angefühlt. Als würden wir Die-Theresa-und-Annika-Freundschaft spielen. Wir wissen noch, wie die ausgesehen hat, haben aber vergessen, was drin war. Oder so. Ich hatte keine Lust, ihr von Chris zu erzählen, hab das Thema umschifft, so gut ich konnte. Sie hat auch nicht gefragt.

Als wir fertig waren mit Essen, hat sie das Tischset zusammengefaltet und eingesteckt, und ich hab gedacht, *die*

nächste preisverdächtige Rubrik in der Chronisch: *Pizzeria-Kunst*. Hätte über mich selber kotzen können.
Ich war froh, dass es in der Disco zu laut war zum Reden, wollte den Abend bloß noch hinter mich bringen. Wir haben uns in die Mitte der Tanzfläche gewühlt und sind im Stroboskoplicht rumgehopst, zu Computermusik, wie Zombies, ferngesteuert, ewig lang, bis ich dachte, es gibt mich nicht mehr. Und dann kam plötzlich *Eight Miles High* von den Byrds. Hat der DJ einfach von Elektro-Kack auf Sixties-Hymne umgeschaltet und mich abgeschossen. Ich hab sofort angefangen zu heulen, wegen Chris und Marek und Theresa, und weil alles Gute immer vorbeigeht und das Schlechte irgendwie kleben bleibt.
Ich bin von der Tanzfläche runter, hab mich in den Schatten einer Säule geflüchtet und geflennt. *Sidewalk scenes and black limousines* … Die Sehnsucht in dem Lied bringt mich um.
Als ich die Hände auf meiner Schulter fühlte, dachte ich, ein Typ macht sich an mich ran. Ich hab mich umgedreht, wollte ihn wegschieben, aber es war Theresa. »Was is'n?«, hat sie mir ins Ohr geschrien. Ich hab nur den Kopf geschüttelt und sie hat mich angeguckt, eine ganze Weile, als wüsste sie auch nicht so recht, wie wir hier hergekommen sind, an diesen kalten Ort.

Ich halte meine Hand übers Wasser, lasse die Wellen an ihr schnuppern. Theresa rollt die Bierflasche über den Beckenrand. Die Flasche sinkt, macht einen Zeitlupensalto und kommt aufrecht stehend unten an. Wir fangen die aufsteigenden Bläschen.

»Willst du rein?«, frage ich.

»Weiß nicht.«

Ich ziehe T-Shirt, Rock und Ballerinas aus und springe so geschmeidig kopfüber in den Pool, dass es nur leise *wusch* macht.

Das Wasser ist warm, silbrig. Ich tauche und drehe mich ein paarmal um die eigene Achse, wie ein Pinguin. Neben mir kracht Theresa ins Wasser. Sie lässt sich auf den Grund sinken, läuft auf den Händen. Ich schwimme eine Bahn. Als ich wieder bei ihr bin, treibt sie auf dem Rücken, schaut hoch zum Mond.

»Kann man sich schon vorstellen, dass die Leute früher dachten, das wäre ein Jemand, oder? Kann man doch echt ein Gesicht drin sehen.«

Ich bringe mich in Toter-Mann-Position.

»Naja.«

Heute sieht der Mond wie ein schmuddeliger Gong aus.

Ist schön, so auf dem Wasser zu schaukeln. Seltsam, dass es einen trägt, wenn man sich entspannt und ihm vertraut.

»Ich hab mich übrigens verliebt«, sagt Theresa.

Ich würde sie gern ansehen, will aber nicht aus dem Gleichgewicht kommen.

»In Gregor?«, sage ich zum Mond.

»Ja.«

»Seid ihr zusammen?«

»M-hm.«

Das Wasser plätschert, ein Auto fährt vorbei.

»Kennst du das?«, fragt Theresa. »Wenn man vor was Angst hat, obwohl man weiß, dass es eigentlich nichts Schlimmes ist?«

»Ähm … Sag mal ein Beispiel.«

Es plätschert, ich warte.

»Naja, manche Leute haben Angst, dass sie anfangen zu stottern, wenn sie 'ne Rede halten müssen, oder?«

»Kann sein.«

»Und es gibt Leute, die trauen sich nicht, Fahrstuhl zu fahren, weil der stecken bleiben könnte.«

»Hast du Angst vor Fahrstühlen?«

»Nee. Ich hab Angst, dass es ganz übel weh tut.«

Ich weiß nicht gleich, was sie meint, aber dann macht es *klicke-di-klick*, und ich verstehe.

»Es geht gar nicht darum, den besten Lover zu finden?«

»Nee.«

Jetzt bin ich doch ein bisschen platt. Ich schaukele auf dem Wasser und wundere mich.

»Für Hanna war's der Horror«, sagt Theresa.

»Wer sagt denn, dass du auch so Pech hast?«

»Ich weiß. Trotzdem.«

Plötzlich hab ich das Gefühl, ich schwebe in der Luft. Das Wasser ist wie ein weiches Tuch, das sich an mich schmiegt, mich umhüllt. Und der Mond guckt auf uns runter, jetzt seh ich's auch.

»Komm mir vor wie ein Loser«, sagt Theresa.

»Weil du Angst hast? Ich hab vor tausend Sachen Angst!«

»Das ist was anderes.«

»Wieso?«

Keine Antwort.

»Wieso ist das was anderes?«

»Na, weil du sowieso nicht cool bist. Da kommt's nicht so drauf an.«

Wie bitte??

»Fräulein Brentano«, sage ich. »Du spinnst.«

Sie boxt meine Schulter und wir gehen zusammen unter.

KAPITEL 35

Die Autobahnraststätte tut so, als wäre sie ein altes amerikanisches Diner. Rote Sitzbänke stehen Rücken an Rücken, in der Auslage stapeln sich Donuts und Cupcakes, und überall hängen amerikanische Fähnchen.

»Was ist denn bitte *Hash Browns*?«, fragt Chris.

»Klingt ziemlich illegal.«

»Allerdings.«

Er schaut sich um.

»Könnte 'n Foto von dir machen und es Marek mailen. Mit der Jukebox im Hintergrund.«

»Sind in Texas, bald bei dir?«

»Der würde sich freuen …«

Wir setzen uns neben eine Maschine, die blaues Eiswasser umwälzt und nuckeln an Milchshakes. Es ist kurz vor zehn, noch eine Stunde bis München. Hoffentlich klingeln wir nicht die WG aus den Betten.

»Ich penn mal kurz«, sagt Chris und lässt sich zur Seite kippen.

Ich bin auch ziemlich erledigt. Nächste Station, bitte: Chris' tolles neues Hochbett.

Wir sind seit fünf Stunden unterwegs, weil Mareks Schrottkarre nicht schneller will als 80. Erst haben wir geredet, dann geschwiegen. Wir haben Musik gehört, mitgesungen, nicht mehr mitgesungen, gelacht und wieder geredet. Zwischendurch hatte ich so Gedanken wie *Das könnte unsere letzte gemeinsame Reise sein*, und ich bin immer wieder traurig geworden, aber dann ist *Talk Talk* von Music Machine durchs Auto gescheppert oder ich habe Fohlen auf einer Wiese entdeckt und es war wieder okay.
Ich sehe den Lichtern der vorbeifahrenden Autos nach, beobachte die müden Reisenden, die mit ihren Tabletts umherschlurfen. Was für ein seltsamer Un-Ort. Es kommt bestimmt keiner her, weil das Essen so lecker ist, oder die Aussicht so prickelnd. Sind alle bloß auf dem Weg woanders hin. Denken, sie wissen, wo sie hinfahren – nach München, zur Computer-Messe, zu Tante Clara, aber eigentlich? Wirklich? Wenn hier ein Buch auslüge, wo drin steht, wie mein Leben weitergeht, da hinten in der Ecke bei der Kaffeemaschine, oder neben dem Kinder-Motorrad, würde ich hingehen und nachsehen? Oder würde ich mich lieber überraschen lassen?
»Zeit die Truppen abzuziehen«, sagt ein Mann am Tisch hinter mir.
»Meinst du?«, eine Frau.
Ich lausche, aber mehr reden sie nicht.

Chris gähnt, streckt sich.
»Komm, lass uns weiterfahren«, sagt er.

* * *

Ein Junge mit Dreadlocks, der angeblich Jura studiert, führt uns durch die Wohnung. Rico, oder Nico oder so. Ich erwarte Chaos in der Küche, aber es sieht kaum anders aus als bei mir zu Hause. Chris Zimmer hat zwei Fenster. Es steht ein großes Regal drin, sonst nichts.
»Anna hat das Bett jetzt doch mitgenommen«, sagt RoN. »Hab ich vergessen, Dir zu sagen.«
Das wird gemütlich.
»Habt ihr 'ne Matratze, die wir bis Montag leihen können?«, fragt Chris.
»Nee, sorry. Könnt aber meine Sofakissen borgen.«
»Schon gut, wir haben Isomatten dabei.«
RoN zeigt uns noch Phils Zimmer und dann sein eigenes. Jemand hat *Niko du Sau* an seine Tür gepinselt, da wo andere ein Schild hängen haben mit *Hier wohnt Fred* drauf oder *Emmas Reich*. Mal sehen, was Chris erzählt.
Ich bin todmüde, aber er will unbedingt noch ein bisschen rumlaufen. Er ist total aufgekratzt, so kenn ich ihn gar nicht. Er summt und pfeift, guckt in Wohnzimmer, in Gullis, spurtet plötzlich über die Straße. Wir begegnen

einer Gruppe Mädchen auf dem Weg in die Disco (»Wenn er da ist, nehm ich *eine*, wenn er nicht da ist, *zwei.*«), einer Dame in Rosa, die Zigaretten schnorrt, und einer Katze, die auf der Kühlerhaube eines Autos sitzt und sich die Pfote leckt. Könnten wir alle auch zu Hause treffen, aber irgendwie ist hier doch mehr Großstadt. Die Straßen sind breiter, die Häuser höher. Und die Autos fahren schneller, auf jeden Fall.

»Ist irgendwie alles so ordentlich«, sage ich.

»Sieht aus wie die Kulisse für ’n Kostümdrama, oder?«

»Genau. Was willst du hier?«

Chris beißt mir ins Ohrläppchen. Er legt den Arm um meine Schulter und ich lege meinen um seine Hüfte. Weil ich kleinere Schritte mache, muss ich immer wieder hüpfen, damit wir den gleichen Fuß vorne haben.

»Was verkaufen die?«, fragt er vor einem Schaufenster.

Eine Schaufensterpuppe in einem Kittelkleid und Pfennigabsätzen sitzt auf einem Stuhl und zielt mit einer weißen Pistole auf uns. Der Boden ist mit Maikäfern bedeckt, und in einem alten Küchenschrank liegen Hunderte von Äpfeln.

»Keine Ahnung.«

Wir gehen ein paar Schritte zurück und lesen *Feinstes handgemachtes Marzipan* über der Markise. Lachen, küssen uns. Ich bin glücklich, hier, jetzt.

Wir kaufen einen Döner und laufen, bis wir einen romantischen Platz mit Bäumen in der Mitte finden. Setzen uns ins Gras, sehen uns um. Ist schon schön hier.

»Mylady, möchtet Ihr zuerst?«

Chris hält mir den Döner hin.

»Äh, aber klar doch, Mylord.«

In Nullkommanichts knabbern wir beide gleichzeitig dran, und dann knabbert Chris an mir und die Hälfte vom Döner landet in meinem Schoß – Salat, Zwiebelringe und Knoblauchsoße inklusive. Meine einzige Jeans!

»Was haben die früher für *super* gesagt?«, frage ich.

»Keine Ahnung. Vielleicht *fulminant*. Oder *magnifizent*.«

»*Magnifizent?* Ich glaube, Eure Phantasie bordet über.«

»Meint Ihr?«

»Meinen wir.«

Ich strecke mich im Gras aus, lege den Kopf auf seinen Oberschenkel. Die Sterne und der Mond verstecken sich über Wolken, aber mir fallen eh die Augen zu. Hier einschlafen – warum nicht?

Chris malt mit den Fingern Kreise auf meinen Bauch, und ich sehe das Zelt vor mir, denke an nachher, kriege Gänsehaut. Wenn sogar Theresa Angst hat …

Es raschelt und knackt.

»Mund auf.«

Ich bekomme ein Stück Schokolade auf die Zunge.

»Mmm.«

»Das letzte Mal hast du mir nicht getraut. Weißt du noch? Mit dem Tiramisu, bei mir zu Hause?«

»Ich weiß.«

Er krault meinen Nacken, und ich wickele die Arme um ihn. Über uns blinken ein paar Sterne. Ich sehe den Mond.

»Was meinste?«, fragt Chris.

Vor der Wohnungstür treffen wir einen Typ mit schwarzen Locken. Phil. Er sucht seinen Schlüssel. Chris hat blöderweise vergessen, seinen mitzunehmen.

»Ist Niko nicht da?«, fragt er.

»Nee. Oder er pennt und hört die Klingel nicht. Hab auch schon angerufen, geht aber nur die Mailbox dran. Hat euch unten jemand reingelassen?«

Chris nickt.

Phil drückt noch mal, lange.

»Fuck.«

»Gut, dass wir das Zelt dabeihaben«, sagt Chris zu mir.

»Ha.«

Phil leert seine Taschen aus. Er scheint gebrauchte Tempos zu sammeln.

»Ihr könntet wirklich zelten«, sagt er. »Auf dem Dach ist 'ne Terrasse.«

»Dafür braucht man keinen Schlüssel?«

Phil schüttelt den Kopf.

»Ist offen.«

Ich schaue das Treppenhaus hoch.
»Guck ich mir mal an«, sage ich.
Chris kommt mit.
Von unten sehen diese alten Dächer so spitz aus – ich hätte nie gedacht, dass man hier oben Tennis spielen könnte. Oder zumindest Federball. Zwei Campingstühle stehen auf einem Perserteppich, ein paar Meter weiter sitzt ein Grill, und eine Brüstung bewahrt einen davor, runter zu stolpern.
»Ist doch perfekt«, sage ich.
»In die Richtung ist die Filmhochschule. Und da drüben ist die Isar. Kann man wohl gut drin baden.«
Die Straßen sind mittlerweile leer, die meisten Fenster dunkel. An der großen Kreuzung zwei Blocks weiter schalten die Ampeln um, und ein LKW braust bei Rot rüber. Ich mache die Augen zu, lehne mich gegen Chris. Irgendwie bin ich ganz sicher, dass ich das hier nie vergessen werde.
Ein warmer Wind weht mir die Haare ins Gesicht, ich fühle mich ganz schwer. Chris küsst meinen Hals und ich will umsinken in ein großes weiches Bett.
»Mein Mädchen«, flüstert er.
Ich drehe mich um, küsse ihn.
Als wir das Zelt aufgebaut haben und auf den Schlafsäcken liegen, fragt er: »Geht's dir gut?«
Ich nicke.

»Du zitterst.«

Tatsache.

»Willst du denn?«, fragt er.

»Ja. Auf jeden Fall. Egal was.«

Er lacht.

»Auch wenn das Haus abbrennt?«

»Ja.«

»Und wenn Phil und Niko hochkommen?«

»Schicken wir sie weg.«

»Und wenn ein Meteorit einschlägt?«

»Dann sowieso.«

Er zieht mir das T-Shirt aus, ich knöpfe sein Hemd auf. Stelle mich superblöd an mit meinen Zitterfingern. Und jetzt klappern auch noch meine Zähne aufeinander, als würde ich nackig auf ’nem Eisberg hocken. Dabei ist mir gar nicht kalt.

»Hey.«

Chris zieht mich an sich und ich halte ihn so fest ich kann, bis das Geklapper aufhört.

»Ich hab auch ein bisschen Angst«, flüstert er.

»Wieso?«

»Ist das erste Mal mit ’nem Mädchen, das ich –«

Er redet nicht weiter. Ich sehe ihn an. Er streicht mir mit dem Daumen über den Mund.

»… das du nicht in der Disco kennengelernt hast?«

»So ähnlich.«

Ich glaube, ich weiß, was er sagen will. Kriege das Wort auch nicht raus.

Und dann, plötzlich, bin ich ganz ruhig. Ich weiß, dass es schön wird.

KAPITEL 36

Wir laufen Phil durch endlose U-Bahngänge hinterher, hechten in Züge, stehen eng wie Zigaretten in der Schachtel und lachen. Ich weiß nicht mal, worüber. Aus irgendeinem Grund erzählt Phil von einem Typ, der bei Baseballspielen Bälle aufsammelt, die in die Zuschauerränge geschossen werden.

»Der macht das, seit er zehn Jahre alt ist. Hat schon über 7000 Bälle zusammen.«

»Lass mich raten: Der hat keine Freundin«, sagt Chris.

»Wohl kaum.«

»Was macht man bloß mit 7000 Bällen?«

»Was denkst du?«

»Die lagern bei seiner Mama im Keller?«, frage ich.

Als Antwort zeigt Phil auf mich. Soll wohl *ja* heißen.

Das Kino ist an einem See im Park. Die Leinwand steht direkt am Wasser, die Zuschauer sitzen im Halbkreis davor. Wenn mir langweilig wird, beobachte ich die Enten.

»Ich hol mir 'ne Bratwurst«, sagt Chris. »Wollt ihr auch was?«

»Sprudel, bitte«, sage ich. »Und ’ne Wurst. Ketchup, kein Senf.«

»Wisst ihr, woraus die diese Würstchen machen?«, fragt Phil. »Die bestehen zu 90 Prozent aus Abfällen.«

Ich sehe eine Fabrik, an der am einen Ende Müllwagen entladen und am anderen Ende Kisten mit Würstchen in Laster gepackt werden, zum Transport in die Läden.

»Meinst du speziell die Würstchen, die’s hier zu kaufen gibt, oder Würstchen allgemein?«

»Allgemein.«

»Na, dann …«, sagt Chris. »… schmeckt Abfall wohl ziemlich gut.«

»Ich nehm doch lieber Pommes«, sage ich.

Phil erzählt mir, was alles für ekelhaftes Zeug in die Würstchen wandert – gemahlene Schweinehufe und zerhäckselte Hirne – aber ich höre nur halb zu. Das Mädchen, das hinter Chris an der Bude ansteht, hat ihn gerade am Ärmel gezupft. Er dreht sich zu ihr um, sie reden. Er lacht, schüttelt den Kopf. Dann ist er dran. Als er mit Papptellerchen und Flaschen beladen an ihr vorbeigeht, sagt er *Tschüss* und sie lächelt ihn an. Hätte ich doch weggeguckt.

Phil hat Decken und Kissen herbeigezaubert und wir sitzen gut gepolstert auf dem Boden. Ich wollte eigentlich, dass Chris in der Mitte sitzt, aber in dem Gewühle mit den Decken und dem Essen bin ich in der Mitte gelandet.

Ich biete Phil von meinen Pommes an, er nimmt sich eine Handvoll. Ganz schön frech.

»Wie findest du das, dass dein Freund so weit wegzieht?«, fragt er.

Ich linse rüber zu Chris. Der liegt mit geschlossenen Augen auf seine Ellbogen gestützt da, das Gesicht zum Himmel.

»Ist halt so«, sage ich.

»Habt ihr ein Treue-Abkommen?«

Bevor ich antworten kann, knurrt Chris: »Geht dich gar nichts an«, immer noch mit Augen zu.

Der Film ist eine endlose Serie von Schießereien, Explosionen, und Verfolgungsjagden. Öder geht's nicht. Ich konzentriere mich auf Chris' Hand, die sich langsam über meinen Rücken bewegt. Erst streicht sie rauf und runter, meine Wirbelsäule entlang, dann schlüpft sie unters T-Shirt und wandert über meine Hüfte. Ich ziehe die Knie an, lege den Kopf auf meine Arme. Chris sitzt genauso da, spiegelverkehrt. Ob er auch an gestern Nacht denkt?

Früher hab ich mir vorgestellt, dass man sich erst hier streichelt und da küsst und sich dann aufeinanderlegt und so, als würde man 'nem Rezept folgen. Aber es ist alles einfach von alleine passiert, ohne dass ich darüber nachdenken musste. Mein Körper hat einfach gemacht, was er wollte – hat einfach auf Chris reagiert.

Das Wehtun war überhaupt nicht schlimm. Irgendwann

haben wir uns in die Augen geschaut, und ich hab gespürt, dass er mich liebt. Musste er nicht sagen.

Er legt seinen Arm um meine Taille. Es regnet meinen Rücken runter.

»Denkst du an gestern Nacht?«, flüstert er.

»Sieht man das?«

»*Ich* seh's.«

Ich lege meine Stirn an seine.

»Lass uns gehen«, flüstert er.

»Das können wir nicht bringen.«

»Meinst du?«

Ich schüttele den Kopf.

Er küsst mich, flüstert: »Bitte, Annika.«

»Nee, das wäre echt unhöflich.«

»Ist dir wohl völlig egal, dass ich grade vor Sehnsucht sterbe, was?«

»Total.«

Meine Hand schleicht unter sein Hemd, streicht ihm über den Bauch.

»Du bist grausam«, flüstert er, aber als ich meine Hand wegnehmen will, drückt er sie an sich.

Der Rest des Films vertont den längsten Kuss der Weltgeschichte.

* * *

Ich wache mitten in der Nacht auf. Höre Chris leise reden, vor dem Zelt. Ist Phil hier oben? Nee, es kommen keine Antworten, ich glaube, er telefoniert.
Ich krabbele aus dem Schlafsack. Chris liegt in einem der Campingsessel, den Laptop auf dem Grill, und skypt mit Marek. Über Kopfhörer, deswegen hab ich nur ihn gehört. Marek redet und gestikuliert.
»Krass«, sagt Chris.
Sie lachen, Chris extra leise, um mich nicht zu wecken, wahrscheinlich.
»Und dann müssen die zwei Jahre an Haustüren klopfen und diese verrückte Story erzählen, die kein Mensch glaubt?«
Marek zündet sich eine Zigarette an, pustet den Rauch zur Seite, winkt jemandem. Er ist irgendwo draußen, am Wasser. Jetzt redet er wieder mit Chris. Ich sehe ihnen zu und denke, so ein langes Gespräch hatte ich kein einziges Mal mit Marek, seit er in Amerika ist. Und so entspannt sieht er überhaupt nie aus, wenn ich mit ihm rede. Das Leben ist nicht fair.
»Glaub ich«, sagt Chris und dreht sich zu mir um. Dabei hab ich keinen Laut gemacht. Er winkt mich zu sich. Ich schüttele den Kopf, er winkt nochmal. Na gut. Ich gucke, ob die Knöpfe an meinem Pyjama zu sind und krieche aus dem Zelt. Chris stellt auf Lautsprecher, zieht mich auf seinen Schoß.

»Hi«, sagt Marek.
»Hallo.«
Ob Chris ihm erzählt hat, dass wir miteinander schlafen?
»Strange«, sagt Marek.
Ja, denke ich, strange.
»Jedenfalls«, sagt er. »Der Typ hat zwei Steine in einen Hut getan, sein Gesicht reingesteckt und die ›Übersetzung‹ von den Steinen abgelesen. Und als er fertig war, hat er die Tafeln zurückgegeben, deswegen gibt's die nicht mehr.«
»Überraschung«, sagt Chris.
Ich hab keine Lust, weiter zuzuhören, verstehe eh kein Wort. Ich gehe zur Brüstung, stütze die Ellbogen auf und schaue in die Tiefe.
Den Bürgersteig auf dieser Seite verdeckt das Dach, aber ich kann die Straße und den Bürgersteig gegenüber sehen. Wie hoch wohl vier Stockwerke sind? Zwanzig Meter? Dreißig? Ich lege meine Hände auf die Ziegel vor meiner Nase und konzentriere mich auf die Nähe, damit mir nicht schwindelig wird.
Zwischen den Ziegeln wächst Moos, wie vor Mareks Fenster. Ich finde drei skelettierte Propeller mit Lindensamen und ein Minibäumchen, das versucht, hier zu wachsen. Ziemlich mutig. Oder dumm. Ich taste mit dem Finger übers Moos. Wie weich!
Im Haus gegenüber geht Licht an, ein Krankenwagen fährt

mit Blaulicht durch die leeren Straßen, ich höre jemanden singen. So viele Geschichten, die gerade passieren.

»Na?«, sagt Chris neben mir.

»Na?«

Er beugt sich über die Brüstung, guckt auf die Straße.

»Meinst du, man stirbt, wenn man hier runterfällt?«, frage ich.

»Glaube nicht. Außer man knallt auf den Kopf. Aber die Knochen bricht's dir.«

Ich schüttele mich.

»Hast du dir echt überlegt, von 'nem Dach zu springen?«

Er nickt, murmelt »Ganz schön gruselig«, als würde ihm das jetzt erst auffallen. Ob er sich auch da unten liegen sieht?

Ich flüstere: »Würdest du mir sagen, wenn's dir wieder so schlechtgeht, dass du dich umbringen willst?«

»Ich glaub nicht, dass das wiederkommt.«

»Aber wenn …«

»Ja. Klar.«

Er streichelt meinen Nacken und ich mache die Augen zu. Will in das Paralleluniversum wechseln, in dem ich hierbleiben kann, auf diesem Dach, mit Chris, weit weg von Lisa und Mam und dem ganzen Drama zu Hause. Ich hab Angst, dass das Wüstengefühl auf mich wartet.

»Du?«, sage ich.

»Hm?«

»Du hast doch mal erzählt, dass zwischen dir und der Welt 'ne dicke Glasscheibe war. Letzten Winter?«

»M-hm.«

»Und dass sich alles sinnlos angefühlt hat.«

»Ja, war so.«

»Ist das von einem Tag auf den andern weggegangen?«

»Mehr nach und nach.«

»Das Glas ist dünner geworden?«

»So ungefähr.«

Unten auf der Straße torkeln zwei Leute, schreien sich an.

»Und der Sinn?«, frage ich. »Weißt du den jetzt?«

»Nee. Aber dieses Kackgefühl, dass alles umsonst ist, ist verschwunden.«

Ich knibbele ein Stück Moos vom Dach.

»Ist vielleicht nicht dasselbe«, sage ich. »Der Sinnlosigkeit entkommen und den Sinn finden.«

»Kann sein. Das eine ist auf jeden Fall ein bisschen dringender als das andere.«

Auf der Unterseite des Mooskissens kriechen winzig kleine Viecher. Ich setze es zurück auf die Ziegel. Hole Luft. Sage: »Ich hab Angst vor dem Wüstengefühl.«

»Glaub ich. Ist bestimmt total beschissen.«

Ich nicke, hole noch ein bisschen mehr Luft.

»Total einsam«, sage ich.

Chris streicht mir eine Haarsträhne hinters Ohr.
»Das Glasscheibengefühl war auch total einsam.«
»Ja?«
»Ja. Ich dachte, dass mich nie wieder jemand verstehen würde.«
Ich lege den Kopf an seine Schulter. Meine Lunge ist zu voll mit Luft.
»Genau«, murmele ich.

KAPITEL 37

Mir ist nicht nach reden. Im Auto haben wir schon nur Musik gehört und Hände gehalten. Jetzt sitzen wir auf einer Wiese in der bayrischen Pampa und gucken einem kleinen Lagerfeuer zu, wie es Äste und Zeitungsknäule frisst. Wenn ich lange genug in die Flammen starre, höre ich auf zu denken, das kenn ich schon. Vielleicht geht ja auch die Traurigkeit weg, die mir in der Kehle hockt, wenigstens für ein paar Stunden.

Wir essen Tofuwürstchen und ich schlucke die Traurigkeit runter, Bissen für Bissen, schicke sie in meinen Magen. Soll die Säure sie auflösen, ich kann sie nicht brauchen.

Chris stochert im Feuer. Funken wirbeln durch die Luft, unter der Aschedecke glüht es rot. Ich lege ein paar Äste nach, und die Flammen betasten sie gierig. Schon komisch. Wasser bewegt sich nur, wenn es bergab fließt, oder wenn man es erhitzt. Von alleine tut es gar nichts. Aber Feuer scheint irgendwie zu leben. Ich versuche zu erkennen, festzuhalten, was für eine Form die Flammen genau haben, aber es gelingt mir nicht.

»Was ist eigentlich zwischen dir und Theresa passiert?«, fragt Chris.

Ähm.

»Wieso?«

»Hast sie schon Ewigkeiten nicht mehr erwähnt.«

Ich trinke einen Schluck, wische mir den Mund ab. Auf die Frage bin ich nicht vorbereitet.

»Haben uns gestritten«, sage ich schließlich.

»Schlimm?«

Ich nicke.

»Wir haben uns wieder versöhnt, aber es ist anders, jetzt. Weiß nicht, ob's noch mal richtig gut wird.«

Gewisse Leute, die ich kenne, würden wissen wollen *wieso, weshalb, warum*, aber er belässt es dabei.

»Magst du dich vor mich setzen?«, fragt er. »Dich an mich lehnen?«

»Bin ich nicht zu schwer?«

»Nee.«

Er legt die Arme um mich und ich sinke gegen ihn.

»Schön warm.«

»Nachher tauschen wir?«

»Ha.«

Ich gucke dem Feuer zu, wie es an einem verkohlten Stück Holz leckt. Es knistert, spotzt. Ein Funke fliegt mir auf die Hand. Chris wischt ihn weg.

»Theresa und ich –«, fange ich an.

Er spürt bestimmt mein Herz rennen.
»Ja?«
»Wir haben uns deinetwegen gestritten.«
»Meinetwegen?«
Ich nicke.
»Nach dem Kegelabend?«, fragt er.
»M-hm.«
Er streichelt meine Arme. *Sein* Herz schlägt ganz ruhig weiter. Mehr muss dazu nicht gesagt werden.

* * *

Es ist mitten in der Nacht, ich bin zu müde zum Schlafen, zu aufgedreht und erschöpft. Seit bestimmt einer Stunde malt Chris mit den Fingern auf meinem Rücken rum. Ich hab den Kopf an seiner Brust und lausche dem Regen, der gegen das Zelt weht. Es klingt, als würde jemand draußen Kiesel werfen. Die Traurigkeit hat sich aus meinem Bauch hochgearbeitet und wieder in meine Kehle gesetzt. Ich habe Angst vor morgen, dass ich heule.
»Chris?«, flüstere ich.
»Hm?«
»Wenn ich morgen in den Bus steige –«
»Ja?«
Ich weiß nicht, ob ich wirklich fragen soll.
»Was?«

»Ist es dann vorbei?«
Seine Hand hält inne. Ich stelle mir vor, wie er blinzelt.
»Wieso sollte es vorbei sein?«
»Naja, München ist doch ziemlich weit weg …«
»So weit jetzt auch wieder nicht.«
»Du wirst 'ne Menge Leute kennenlernen.«
Mädchen, meine ich.
Er hält einen Moment die Luft an. Und noch einen. Ich sehe ihn an.
»Willst du, dass es vorbei ist?«, fragt er.
Ich schüttele den Kopf.
»Warum reden wir dann da drüber?«
»Ich dachte nur, wenn du schon weißt –«
»Ich weiß überhaupt nix. Ich weiß nicht, ob das geht, wenn wir uns nur alle paar Wochen sehen. Keine Ahnung. Würde es aber ganz gerne ausprobieren. Außer du willst jetzt schon Schluss machen, vorsichtshalber, für alle Fälle.«
Ich muss ein paarmal schlucken, sonst flenne ich los.
»Will ich nicht«, bringe ich raus.
»Okay«, sagt er. »Gut.«

* * *

Es ist kurz nach neun, der Regen hat aufgehört. Wir kriechen aus dem Zelt und schütteln unsere Beine aus.
»Wann müssen wir los?«, frage ich.

»In einer Stunde ungefähr.«
»Wollen wir noch ein bisschen laufen?«
Der Waldweg hat sich in eine Schlammpiste verwandelt. Damit es uns nicht hinhaut, gehen wir abseits vom Weg, zwischen den Bäumen. Es riecht ganz intensiv nach Erde. Chris findet die erste Eichel des Jahres, schenkt sie mir.
»Als Ersatz für das Schneckenhaus.«
Sie ist noch ganz grün und hübsch wie ein Schmuckstück. Ihr Hütchen hat lauter feine Schuppen, wie winzige Ziegel auf einem runden Dach.
Wir schlagen uns durchs Gebüsch, bis wir an einen Bach kommen. Über dem Bach liegt ein umgekrachter Baum. Wir steigen auf den Stamm, balancieren zur Mitte und setzen uns einander gegenüber, Knie an Knie. Unter uns gurgelt das Wasser. Chris zieht meine Beine auf seine und drückt mich an sich. Ich spüre seinen Atem an meinem Ohr, fühle seine Wärme. Der Kloß in meinem Hals tut weh.
»Annika«, flüstert er.
Plötzlich ist alles überdeutlich, als hätte jemand den Fokus scharf gestellt, die Farben aufgedreht. Ich streiche über die Härchen in Chris Nacken, schnüffele seinen Geruch.
Er flüstert: »Du weißt, dass ich dich liebe, oder?«
Die Tränen laufen mir aus den Augen, kann ich gar nichts gegen machen, und ich nicke, *Ja, meistens, doch.*
Als ich nach einem Taschentuch krame, kitzelt mich was

am Hals. Ein Insekt, denke ich. Ich wische es weg und meine Finger werden nass. Ich sehe Chris an. Er heult auch, genauso lautlos wie ich.

»Scheiße«, flüstert er.

»Ja, Scheiße.«

Wir halten uns fest, atmen genau gleichzeitig, langsam und tief.

Nach einer Ewigkeit, meine Beine sind längst eingeschlafen, flüstere ich: »Wusste gar nicht, dass du das auch kannst.«

»Hast ja keine Ahnung. Bin Experte.«

»Echt?«

»Echt.«

Wir putzen uns gegenseitig die Gesichter ab und fangen an zu lachen.

ENDE

Manchmal passiert dir das Beste zur schlechtesten Zeit

»In der perfekten Kino-Version meines Lebens wäre das der Moment, in dem er mich umdreht und küsst. Aber Digby hat eine Freundin. Ein Mädchen, das er liebt. Ein Mädchen, das nicht ich bin.«
Eigentlich hat Lucille Wichtigeres zu tun, als sich ausgerechnet in den vergebenen Zwillingsbruder ihrer besten Freundin zu verlieben. In ihrer Familie ist sie die Einzige, die die Dinge in die Hand nimmt: Geld verdienen, Rechnungen bezahlen, sich um ihre kleine Schwester kümmern. Da bleibt keine Zeit für große Gefühle. Aber wer kann sich schon wehren, wenn die wahre Liebe vor der Tür steht? Denn gegen das Glück hat das Schicksal keine Chance.

Estelle Laure
Gegen das Glück hat das Schicksal keine Chance
Aus dem Amerikanischen
von Sophie Zeitz
256 Seiten, gebunden

Das gesamte Programm gibt es unter
www.fischerverlage.de

fi 7-5326 / 2